LE TOUT POUR LE TOUT

LES ESPIONNES DU SALÈVE 5

EAUX TROUBLES

Aux Éditions EAUX TROUBLES

Dans la série Réseau Ambassador :

L'Envol des Faucons, septembre 2014

Panique au Vatican, mars 2015

Double jeu, mars 2016

Xtrême Préjudice, avril 2017

Pour tout l'or de Srinagar, avril 2018

Cyber games, septembre 2019

Bons baisers d'Odessa, août 2024

Talion aiguille, juin 2025

Les Mollahs font de la résistance, septembre 2026

Dans la série Les Espionnes du Salève (1939-1945) :

L'Envers du miroir, octobre 2017

Bletchley Park, octobre 2018

Le Pacte Allen Dulles, septembre 2020

Opération Gold, septembre 2022

Dans la série Cold War : Jeux d'espions :

Frères ennemis, mars 2021

Mission Nautilus, novembre 2023

L'ombre de Staline, avril 2026

Dans la série Campus :

Les Saigneurs du Royaume des Cinq Anneaux, juillet 2022

MARK ZELLWEGER

LE TOUT POUR LE TOUT

LES ESPIONNES DU SALÈVE 5

SUSPENSE

EAUX TROUBLES

Ceci est une œuvre de fiction. Les situations et les personnages décrits dans ce livre sont purement ou partiellement imaginaires.

Retrouvez-nous sur : www.editionseauxtroubles.com

© Éditions Eaux Troubles 2025
ISBN : 978-2-940766-48-2

Prologue

Ce lundi 13 septembre 1943, alors que l'été déclinait, une brise matinale légèrement fraîche commençait à souffler sur Genève, annonçant l'arrivée imminente de l'automne.

Alors que chacun rejoignait son bureau, un cri déchira le relatif silence d'un début de semaine de travail, malgré la guerre. Une femme fixait l'eau du Rhône s'écoulant le long du quai de la poste, à la sortie du Léman.

Lentement un attroupement se forma.

Un corps flottait, semblant bloqué contre le bord du quai en pierre.

Quelques minutes plus tard, un véhicule de la police genevoise déboulait, sirène hurlante. Deux policiers en uniforme en descendirent et rejoignirent le groupe.

— On nous a signalé un corps dans le fleuve. Il est où ?

— Là, répondirent ensemble les personnes sous le choc de la découverte.

Les badauds se tournèrent vers l'eau indiquant le corps avec leurs mains.

Les deux policiers approchèrent.

— Qui nous a appelés ?

— C’est moi, monsieur l’agent, répondit une dame bien en chair portant un tablier sur le ventre. Je balayais devant l’immeuble quand j’ai aperçu ce monsieur avec de beaux habits flotter.

— Mon collègue et moi allons prendre vos coordonnées et nous vous interrogerons plus tard si c’est nécessaire. Vous ne savez pas quand il est tombé ni ce qui s’est passé ?

— Non ! affirma la concierge de l’immeuble situé face au lieu de découverte du corps.

Une ambulance et un corbillard débouchèrent en même temps et se garèrent aux côtés des policiers.

À l’aide d’une gaffe, un des policiers déplaça le corps jusqu’à une partie plus basse du quai, puis à quatre en se penchant, ils l’agrippèrent, le sortirent de l’eau et l’allongèrent.

Un des ambulanciers tâta le pouls qui, comme il s’y attendait, n’existait plus. Le corps montrait des signes indiscutables de rigidité cadavérique et de début de décomposition.

— Ce ne sera pas pour nous, fit-il se tournant vers les policiers.

— Merci d’être venus. On ne sait jamais, même s’il y avait peu de doute, lui rétorqua le policier.

Les ambulanciers quittèrent aussitôt les lieux sans demander leurs restes.

Se tournant vers les croque-morts, le sergent en uniforme leur dit :

— Prenez le corps et demandez un examen médico-légal afin de s’assurer que c’est un accident et pas autre chose.

— Pas de problème. Il est peut-être tout bêtement tombé.

— Oui, c’est fort probable d’ailleurs, cependant je préfère avoir un avis médical.

— Parfait, on s'en occupe. Le médecin vous appellera pour vous faire son rapport.

— Merci.

Les croque-morts se chargèrent du corps tandis que le chef des policiers décidait d'inspecter les lieux.

Il remonta en amont vers le pont du Mont-blanc, scrutant les berges et les bords de l'eau sans rien remarquer de particulier.

Même s'ils n'avaient pas déniché d'indices, et alors que la victime n'avait aucun papier d'identité sur elle, ils avaient cependant remarqué qu'elle semblait appartenir à la haute bourgeoisie, en raison de la qualité de ses vêtements et de la finition de ses chaussures faites main.

Des questions demeuraient : qui était-il ? quand était-il tombé dans l'eau ? était-ce un accident comme cela semblait être ?

La maréchaussée quitta les lieux.

Liste des personnages par ordre d'apparition :
En italique ceux qui sont le fruit de mon imagination.

Victor Farrell
Hannah Leibowitz
Sevan Churuckian
Ruth Jacob
Jean Valette d'Osia
Avram Leibowitz Senior
Avram Leibowitz Junior
Vice-consul Kruger
Gavriel Jacob
Armand Brunschwig
Benito Mussolini
Winston Churchill
Maurice Anjot
Lucien Mas
Commandant Lottmann
Inspecteur Chapuis
Paul Mallet
Jean Moulin
Général Delestraint
Klaus Barbie
Kurt Meyer
Franz Wasmund – Raoul Cevey
Suzanne Cevey

Antonina Macaione
Colonel Maurice Buckmaster
Général Charles de Gaulle
Irène Gubier
Karl Bömelburg
Hugh Verity
Yeo Thomas
Pierre Brossolette
Richard Heslop
André Dewavrin – colonel Passy
Claude Dansey
Nicholas Bodington
Vera Atkins
Andrée Borrel
Gilbert Norman
Francis Suttill
Noor Inayat Khan
Jean Rosenthal
Georges Bidault
Julien Dungler
Jeanne Jenny
René Ortlieb
Abbé Joseph Stamm
Paul Winter
Emma Jenny
Henri Winter
Gaston Pourchot
Pierre Laval
Paul Dungler
Marcel Kibler
Dr Pujadoux
Colonel Louis Rivet

Colonel Roger Masson
Général Henri Giraud
Capitaine Bernard Cuenoud
Allen Dulles
Colonel Georges Groussard
Frederick vanden Heuvel
Commandant von Allmen
Famille Fournier
Tom Morel
Henri Romans-Petit
Général Guillain de Bénouville
Abbé Gaston Desclouds
Laure Diebold
Katharina Huwiler
Marcel Durupty
Paul Frossard de Saugy
Régine Reynier
Adèle Fontaine
Abbé Keller
Gilbert Ceffa
Simone
Edouard Brun
François Pfister
Ernest-Charles Georges
Jean Fleury
Robert
Peter Sullivan
Commandant Hämmerli
Colonel Max Waibel
Général Henri Guisan
Gottlieb Fuchs
Alexandre Radò

Margarete Bolli
Armande Fontaine
Thela Todd-Naylor
Hans Peters
Emile
Abbé Jean Rosay
Père Louis Favre
Jean fils d'Emile
Gaspard
Martin Winterberger
Alfons Christmann
Ernest Schaal

1

Au même moment, une jeune femme traversait le pont du Mont-blanc depuis le sud de la ville et se dirigeait vers le parc du Château-Banquet, trois cents mètres plus loin en direction de Lausanne.

Une fois arrivée, elle reconnut au loin la silhouette du marcheur avec lequel elle avait rendez-vous, d'autant plus aisément que quatre gardes du corps l'encerclaient.

Elle posa sa bicyclette contre un arbre puis, lentement, rejoignit l'homme, évitant de trop piétiner dans l'herbe encore humide de la rosée.

Si les chiens de garde la remarquèrent, ils gardèrent leurs distances, l'ayant tout de suite reconnue. Il n'y avait aucun danger pour leur maître.

Elle aboutit devant le petit homme replet portant un pardessus qui le boudinait quelque peu et un chapeau Trilby.

— Bonjour, Victor.

— Bonjour, Hannah. Heureux de vous voir.

— Moi aussi.

— On marche un peu ?

— Oui, avec plaisir.

Côte à côte, l'homme et la femme empruntèrent la première allée, la protection se mettant en branle aussitôt.

Le chef du MI6 à Genève et vice-consul du Royaume-Uni ne sortait jamais sans ses hommes. Il savait à quel point il représentait une gêne pour certains et n'était pas dupe de la présence importante des agents de l'Abwehr, le contre-espionnage allemand, dans la cité du bout du Léman.

De son côté, Hannah Leibowitz, cheffe des Espionnes du Salève depuis août 1940, évitait de s'encombrer de protection et pensait que se fondre dans la masse qui partait au travail avait du sens. Elle se sentait en totale sécurité au milieu des Genevois.

En l'occurrence, les deux attitudes se tenaient.

— Avant tout chose, ma chère Hannah, si vous m'en disiez plus sur votre état physique et psychologique.

— Merci de vous inquiéter pour moi, mon cher Victor. Je vais bien, surtout si on tient compte de ce qui s'est passé.

— Vos blessures physiques ?

— Elles cicatrisent gentiment, les blessures psychiques aussi. J'ai eu la peur de ma vie, mais je vais me reconstruire, comme une Juive polonaise que je suis, répliqua-t-elle tout en souriant.

À la suite de l'opération Gold*, la jeune femme, partie en Argentine, y avait été enlevée, séquestrée et torturée avant d'être libérée de justesse.

Cela faisait peu de temps qu'elle était de retour, et le patron du MI6 de Genève, parrain de tutelle des Espionnes du Salève, avait toutes les raisons du monde de s'inquiéter pour la jeune femme dont c'était la première mission. En temps normal,

* Voir *Opération Gold* de Mark Zellweger.

c'était à son duo de choc, Sevan Churuckian et Ruth Jacob, de faire le job.

Les circonstances avaient fait que seule Sevan était disposée et disponible pour intervenir en Amérique latine, et Hannah l'avait suivie.

— Il faudra du temps pour le corps et pour le reste. C'était des plus violents, convint-il.

— En effet ! Je suis heureuse d'en avoir réchappé. Je ne souhaite pas retourner sur le terrain sauf urgence absolue. En réalité, ce qui m'a fait le plus souffrir, c'était l'idée de laisser mon petit Avram, même si je savais que, tant mes logeurs que vous tous auriez pris soin de lui.

— C'est normal, Hannah. Vous l'élevez seule depuis que vous avez quitté le ghetto de Lodz en avril 1940. Et si votre mari a réussi à s'échapper de ce quartier de la mort, il combat, à présent, les nazis sur place. Mais comme vous dites, Avram Junior n'aurait jamais été abandonné par quiconque ici ! Le principal est que vous soyez de retour. Je suis sûr que, peu à peu, vous reprendrez totalement du poil de la bête. Et le petit ne vous laissera pas vous appesantir sur votre souffrance.

— Rassurez-vous, sur ce point, il ne me laisse aucun répit. Il respire la joie de vivre, et je dois jouer avec lui autant que possible, répondit-elle avec la fierté et le sourire d'une mère comblée.

2

Un peu plus tard dans la même journée, à une soixantaine de kilomètres plus au sud, un événement de taille s'apprêtait à se produire.

En début d'après-midi, le lieutenant-colonel Jean Valette d'Osia sortait discrètement d'un entretien avec l'un de ses contacts à Annecy-le-Vieux. Il avait parcouru une centaine de mètres, quand il constata qu'on le suivait.

Il accéléra le pas, se préparant à semer ses poursuivants à la première occasion.

Ses espoirs furent de très courte durée, car alors qu'il empruntait la première rue à droite, un détachement de la Gestapo prenait place et le cueillait comme un fruit mûr.

Un officier allemand, manteau de cuir noir et chapeau Fedora de même couleur, s'approcha.

— Colonel, soyez raisonnable. Vous êtes cerné. Le mieux pour nous tous est que vous vous rendiez !

L'intéressé fit un tour de cent quatre-vingts degrés de la tête et eut confirmation de ce qu'on venait d'énoncer. Il était bien tombé dans une souricière.

« Seul un salopard de mouchard a pu me vendre ainsi ! » se murmura-t-il entre ses dents.

Il leva les mains en signe de reddition. Ce geste ne l'empêchait pas de se creuser la tête à la recherche de celui qui pouvait l'avoir trahi, mais surtout de tenter d'échafauder tout type de plan afin de se sortir au plus vite de ce mauvais pas.

En militaire aguerri et forte tête, peu de choses lui faisaient peur. « Tant qu'il y a de la vie, il y a de l'espoir ! », tel était le mantra qui dirigeait sa vie, et il comptait bien l'appliquer plus que jamais. Ou alors, il vendrait sa vie au plus cher.

Le prisonnier suivit le bataillon armé jusqu'aux dents. Quelques minutes plus tard, il se retrouvait au quartier général de la Gestapo d'Annecy, à la villa Schmidt, située avenue d'Albigny.

Sa seule consolation reposait maintenant sur la vue majestueuse du lac depuis cet endroit arboré qui jouxtait la magnifique étendue d'eau.

Sa paix intérieure ne dura pas longtemps. Après son arrestation, des plus civiques, une fois à l'abri des regards, les interrogatoires musclés commencèrent.

Très vite, le colonel eut la confirmation qu'il n'avait pas été pris par hasard, mais qu'on le cherchait bel et bien, et que la Gestapo d'Annecy en avait fait une priorité.

Le ton de l'interrogatoire, les coups infligés et certaines questions, tout allait en ce sens.

Ses tortionnaires savaient déjà presque tout sur cet homme que tous connaissaient dans la région et la ville.

Il avait reçu le commandement du 27e bataillon de chasseurs alpins de l'armée d'armistice et avait dû dissoudre le même bataillon au lendemain de la prise de la zone sud, en novembre 1942, comme élément de représailles.

Ce personnage haut en couleur et plein de ressources s'était déjà échappé plusieurs fois. Il n'avait pas eu l'intention de rester oisif et avait rapidement rallié la Résistance locale qui, peu de temps après, lui avait confié la direction de l'Armée secrète de Haute-Savoie.

Raisons pour lesquelles il se retrouvait dans ce bureau sale, mal aéré, et que, mains et pieds liés, il subissait invectives et coups violents.

Ses tortionnaires ne se gênaient pas et le frappaient autant que possible, espérant ainsi obtenir les noms de ses compagnons. Sans succès !

Les heures passant, les choses ne risquaient pas de s'améliorer pour lui. La colère et la frustration de ses interrogateurs avaient augmenté, et ils lui en avaient fourni la raison :

Les Alliés venaient de débarquer en Corse.

« Là, l'étau se resserre sur ces chers Boches ! » s'était dit le militaire endurci avec satisfaction.

3

Appliquant l'adage qui dit qu'*il faut battre le fer tant qu'il est chaud*, Hannah en avait profité pour fixer une rencontre avec Sevan Churuckian dans la soirée du 13 septembre, journée bien chargée pour elle.

Les deux jeunes femmes, qui résidaient dans la zone sud de la ville, s'étaient donné rendez-vous sur la plaine de Plainpalais où se trouvaient de nombreux bistrots et restaurants, et par où beaucoup de Genevois transitaient.

C'était l'endroit parfait pour voir venir n'importe quelle attaque, même si les deux protagonistes n'y croyaient guère. Toutes les informations étaient totalement cloisonnées, et elles faisaient extrêmement attention avant toute rencontre, en appliquant le principe des allers et retours récurrents permettant de détecter tout danger, avant de s'installer pour de bon.

Le soleil déclinant, Hannah arriva au Bar des Amis. Elle laissa sa bicyclette contre le mur, non sans remarquer celle de Sevan qui semblait attendre la sienne à guidon déployé.

Les yeux grands ouverts, elle entra dans le bistrot. L'Anglo-Arménienne était assise au comptoir, vêtue de sa légendaire veste d'aviateur en peau de mouton dont elle se séparait rarement, même l'été. Elle la rejoignit et l'embrassa.

— Bonjour, Sev.

— Bonjour, Hannah. Assieds-toi, l'invita-telle en lui indiquant le grand tabouret à sa gauche.

Remarquant que Sevan avait déjà commandé un verre de blanc qu'on lui avait servi dans un ballon, elle en commanda un elle aussi.

Deux minutes plus tard, le serveur revenait vers elles.

— Et un chasselas de Genève pour les demoiselles !

Sevan et Hannah sourirent au serveur, puis dirent ensemble :

— Santé !

Elles entrechoquèrent leurs deux verres.

Ne pouvant plus attendre, l'Anglo-Arménienne passa la première sans crier gare.

— Dis-moi, Hannah, comment te sens-tu depuis notre retour de Buenos Aires ? Comment va ce cher Avram ?

— Avi se porte comme un charme. Il est heureux du retour de sa maman, mais il n'était pas malheureux chez les Brunschwig, loin de là. Moi, je me remets en douceur. Je ne crois pas que ce soit la douleur des tortures et leurs quelques séquelles qui m'aient le plus meurtrie, mais cette haine des Juifs et de toutes mes valeurs humaines. Cela m'a ramenée au moment où nous étions tous les trois encore dans le ghetto de Lodz, à subir la hargne des SS. En vivant ici depuis trois ans déjà, je l'avais presque oubliée.

— Pourtant, tu la vois à travers nos diverses missions !

— Certes, mais ce n'est pas pareil de se retrouver la cible personnellement et directement, comme cela a été le cas à Bariloche. Heureusement pour moi, tu étais là, ainsi que le vice-consul Kruger. Sans vous, c'est moi qui ne serais plus là !

Hannah réprima un tremblement en repensant à cette période de son existence, marquée en elle au fer rouge.

— Si cette andouille de Ruth n'avait pas pété un plomb, tu n'aurais pas non plus dû la remplacer en urgence, alors que ce n'est pas ton job ! ne put s'empêcher de rajouter la combattante avec amertume.

— Je vois que la colère demeure, tempéra Hannah. À sa décharge, Sevan, qu'aurais-tu fait si ton frère ou ta mère avaient été envoyés à Auschwitz ? Aurais-tu poursuivi tes activités au sein des Espionnes, comme si de rien n'était ? Pour finir, elle a quand même eu raison, puisqu'elle a retrouvé sa famille et qu'ils sont ici grâce à la confédération.

— Je comprends ta mansuétude. N'empêche qu'elle a fait cavalier seul, qu'elle nous a complètement laissés tomber, alors qu'on aurait pu résoudre tout ça ensemble comme on l'avait toujours fait jusque-là.

— Sans doute ! Je ne peux et je ne veux pas lui jeter la pierre, comprends-tu ?

— Vous êtes juives toutes les deux, vous vous comprenez certainement mieux que moi, l'Arménienne du Caire et de Londres, s'emporta Sevan.

— Ce n'est pas ça, Sev ! Tu le sais très bien. En réalité, tu es une pure combattante, formée aux techniques de combat des Forces spéciales britanniques. Ta rigueur a été prise en défaut par Ruth, et tu lui en veux encore.

— Sur ce coup, tu m'as eue ! Je suis un officier SAS et MI6, c'est vrai. L'entraînement et les missions qui m'ont été confiées étaient difficiles au plus haut point. Dans ces commandos, on n'abandonne jamais son coéquipier. Or, c'est exactement ce que Ruth a fait. C'est une trahison, pure et simple. Du moment qu'elle n'avait plus de nouvelles de son frère Gavriel, nous, les

Espionnes, n'existions plus pour elle. Et ça, je l'ai toujours en travers de la gorge, vois-tu ! hurla-t-elle presque.

— En tout cas, je l'entends ! Tu en es où avec Ruth ? Vous étiez inséparables avant l'opération Gold.

— Nulle part.

— Tu veux dire que tu ne l'as pas revue depuis notre retour ?

— Pour quoi faire ? Elle ne m'a servi à rien en Argentine. Tu as risqué ta peau à cause d'elle, et pour couronner le tout, on s'en est sorties de justesse, sans elle.

— Si je comprends bien, aucun rabibochage n'est prévu de ta part et une mission ensemble est exclue ?

— Affirmatif ! Pour le moment, je me passe très bien d'elle. Elle ne me manque pas. Je ne partirai pas en mission avec elle. Je préfère me retrouver seule. Au moins je ne serai pas trahie !

— Waouh ! Je trouve ça dommage, mais je respecte ta position. Juste une question importante. Depuis trois ans, les Espionnes ont pu monter des opérations au-delà des lignes grâce à vous deux. Si tu refuses toute collaboration avec ton binôme de départ, on fait comment ? Tu repars en Angleterre rejoindre ton corps d'origine ?

— Je n'y ai pas réfléchi. Présenté comme ça, je n'en ai pas envie. Je suis bien ici, avec toi, Victor et les autres. Je pense que j'apporte ma pierre au groupe.

— En clair, tu voudrais rester ici et former un nouveau binôme.

— Ouais, y a certainement de ça.

— Mais avec qui ? Si tu as une formation militaire et d'agent de terrain chevronné du SAS et du MI6, en trois ans Ruth avait acquis de l'expérience à tes côtés et au cours de toutes vos missions.

— Tout ça c'est nouveau, et pour être honnête c'est la première fois que j'y pense et que j'en discute. Ruth ne connaissait rien aux actions clandestines et pourtant elle était bonne sans avoir eu besoin de suivre une formation. J'imagine que je pourrais bien trouver quelqu'un d'aussi capable. Ce n'est pas comme si je devais rechercher un équivalent de l'officier Sevan Churuckian, lança-t-elle en riant à gorge déployée, fière de son trait d'humour.

— On peut voir comme ça. Faudra que j'en parle avec Victor. Tout ça nous place dans une situation nouvelle.

— Cela ne m'inquiète pas plus que cela. Regarde, toi tu n'as aucune formation militaire, c'était ta première opé sur le terrain et tu t'en es sacrément bien sortie. Alors, je préfère me trouver quelqu'un avec qui je m'entends bien, qui est sur la même longueur d'onde, et tu verras, tout ira pour le mieux.

— Tu as déjà une idée ?

— Non ! Mais regarde les filles qui bossent avec nous. Elles sont toutes géniales à leur façon ! Comme toi. Alors, faut juste que je trouve la perle rare qui me supporte – ce qui n'est pas gagné – et qui ne craint pas de risquer sa vie. Toi c'est un cas à part. Les choses seraient totalement différentes s'il n'y avait pas Avram Junior ici et Avram Senior commandant de l'armée secrète polonaise.

— Ça, c'est sûr ! Au moins, je suis fixée sur ta position et tes sentiments. On trouvera certainement une solution. Je voudrais te garder. Tu es un rouage essentiel des Espionnes.

— Je sais ! confirma la combattante qui, sans être vraiment narcissique, avait quand même une confiance en elle au-dessus de la moyenne.

Elles discutèrent encore un peu tout en finissant leur chasselas de Satigny et se quittèrent alors qu'il faisait nuit. Aucune des deux n'aimait cela.

La nuit appartenait aux ennemis ! Elles resteraient sur leurs gardes.

4

Le corps du noyé avait été transporté jusqu'à la morgue de l'hôpital cantonal de Genève.

Suivant les instructions de la police, les croque-morts l'y avaient laissé après avoir requis un examen au plus vite.

Le lendemain matin, le rapport succinct était transmis par téléphone.

— Si je suis bref. Je dirais que mon cadavre avait dans les cinquante ans. Visiblement, c'est un homme appartenant à la bonne société. Pas de mains calleuses, vêtement de la haute bourgeoisie et des dents parfaitement traitées.

— Les causes de la mort ?

— Si vous m'aviez laissé poursuivre, vous le sauriez déjà ! Je disais donc que notre cher ami s'était noyé...

— C'est un accident alors ?

— Je disais... poursuivit le médecin légiste, quelque peu agacé, que notre homme s'était noyé, mais à la suite d'un choc à la tête et surtout après avoir été blessé par une sorte de stylet qui lui a perforé le cœur. Il n'avait donc que peu de chances de s'en sortir.

— Vous me dites qu'on lui a percé le cœur. Vous avez retrouvé l'arme ?

— Pas besoin de l'avoir, pour comprendre qu'un trou a été fait entre les côtes. Quand on examine le cœur, on en a la confirmation.

— Et le coup à la tête ?

— Je ne suis pas allé sur place, mais quand on observe à la loupe très grossissante, on aperçoit des éclats de pierre. Il s'est peut-être cogné le crâne en tombant. Je ne pense pas que ce soit ça qui l'ait tué, bien que, quand on est assommé, on ait de fortes chances d'être inconscient et de se noyer après.

— Si je résume : quelqu'un lui a donné un coup avec un objet fin, un peu plus gros qu'une aiguille. Il est tombé, s'est assommé sur une pierre ou le bord du quai, et s'est noyé ensuite.

— C'est ce que j'aurais dit, en effet.

— Excusez-moi d'insister, mais à votre avis, l'agresseur avait-il besoin de beaucoup de force ?

— Je ne le pense pas. Un stylet, par exemple, s'enfonce très facilement, il faut juste être assez près et insérer l'ustensile entre les côtes.

— Est-ce que l'assaillant devait être nécessairement petit ? Ou plutôt grand ?

— Je n'en sais rien. Vu l'anatomie de la victime, le coup a été porté du bas vers le haut, ce qui est assez logique. En revanche, cela n'indique pas la taille de la personne. Je maintiens que cet homme a été assassiné. Même s'il est mort noyé.

— Merci pour toutes ces précisions.

— Vous savez comment s'appelle mon macchabée ?

— C'est le problème. On n'a rien trouvé dans ces vêtements ni sur la scène de crime.

— Comment allez-vous faire ?

— On va déjà transmettre le dossier aux inspecteurs de la police judiciaire, ce n'est plus de notre ressort.

— Je suppose qu'ils vont ouvrir une enquête pour homicide et chercher l'identité de notre homme.

— Oui, en effet. Merci de préparer votre rapport écrit que je puisse le transmette à la judiciaire.

— Je vous fais ça aujourd'hui, sans faute.

— Merci, docteur.

— Professeur ! Cela fait plus classe !

5

Hannah avait donné rendez-vous à Ruth non loin de la demeure des Brunschwig, dans le quartier de Champel, au sud de Genève.

Sur le coup des dix heures, elle arriva au parc Alfred Bertrand, tenant Avram par la main. Elle ne souhaitait pas discuter devant lui, cependant, il désirait voir Ruth qu'il aimait bien, et la cheffe des espionnes savait qu'il jouerait tranquillement pendant qu'elle s'entretiendrait avec sa collègue et amie.

Quand elle pénétra dans l'enceinte, elle repéra une silhouette frêle, presque chancelante, qui arrivait par un autre côté et fondait sur elle.

Les deux jeunes femmes s'étreignirent. Ruth Jacob s'accroupit et embrassa le petit Avram qui l'enlaça.

— Avi, prend ta voiture et va jouer, juste là, fit sa mère en indiquant un endroit derrière un banc où elles allaient s'installer et d'où elle pourrait le surveiller tout en bavardant.

Le bambin, obéissant, s'exécuta.

— Asseyons-nous, veux-tu ?

— Avec joie, Hannah. Cela me fait plaisir de te revoir. Comment vas-tu ?

— Je vais bien. Rassure-toi. Je me remets, lentement, mais sûrement.

— Que t'est-il arrivé ? interrogea Ruth dont le visage déjà émacié s'assombrit un peu plus.

— Tu ne sais pas ? s'écria Hannah, vraiment étonnée.

— Quoi ?

— Victor et Sev ne t'ont rien dit ?

— Je n'ai vu personne depuis que je suis rentrée. Mon voyage a été éprouvant, et j'ai ressenti le besoin de prendre du recul avec les Espionnes, de profiter de la vie, de mon frère, de ma famille.

— Ne m'en veux pas, mais quand je vois ta tête, je ne suis pas convaincue que cela t'ait été bénéfique et que tu ailles mieux !

— Tu n'as sûrement pas tort. La déportation de mes parents et leur mort certaine m'ont bouleversée plus que je ne l'imaginais. Là-dessus, tu rajoutes le départ vers Auschwitz de mon frère, sa femme et ses enfants... c'était trop pour moi.

Certes, Ruth n'avait jamais été en surpoids, mais elle était devenue squelettique, le visage gris, tendu, comme celui d'une momie. Hannah en était presque effrayée et elle commença à se dire que quelque chose s'était passé sans qu'elle le sache.

— Heureusement, Gavi est vivant avec toute sa petite famille.

— Oui, ça, c'est bien. Mais mon père, avec son sale caractère, et ma mère me manquent. J'ai l'impression de m'être vidée de tous mes fluides.

— Sans vouloir en rajouter, tu fais assez mort-vivant.

— Je veux bien te croire. Je me sens brisée de l'intérieur. J'ai essayé d'alerter mes parents, mais en vain, et maintenant, je pense qu'ils sont morts. Apprendre que Gavi avait été arrêté a représenté pour moi la goutte de trop. Toute cette haine, cette barbarie m'a submergée. Je sais que j'ai laissé tomber les Espionnes du Salève, mais c'était au-delà de mes forces.

— Tu as revu Sev ?

— Non ! Je n'en ai pas envie et je pense qu'elle encore moins. Elle comptait sur moi comme deux jumelles que nous étions devenues et je n'ai pas voulu l'écouter ni la suivre. Je ne sais pas ce qui se passera, mais j'ai besoin de me poser, de rester ici et de me reconstruire, si j'y arrive.

— Je comprends, en effet.

— Et toi alors ?

Hannah résuma ce qui lui était arrivé tout en jetant un œil à son fils à qui elle avait caché la réalité de ses blessures.

Au fur et à mesure du récit, Ruth se décomposait.

— Je ne savais pas tout ça ! Je suis navrée. Tout ça ne serait pas arrivé si j'avais suivi Sev !

— Je pense que c'est un peu cela qu'elle te reproche. Elle ne comprend pas pourquoi vous n'avez pas pu décider ensemble, comme vous l'aviez toujours fait.

— Elle a raison, mais j'en étais totalement incapable et je pense l'être encore.

— De ce que je vois, tu as certainement raison.

— Tu voulais me voir pour quoi ?

— Je désirais savoir comment tu allais, déterminer quelles étaient tes aspirations pour le moment et l'avenir. Tu m'as déjà donné ta réponse.

— Je ne souhaite pas quitter les Espionnes, mais les missions casse-cou avec Sev, ce n'est pas pour moi pour le moment. Et puis j'ai besoin de temps. Mais tu peux me demander un coup de main si besoin.

— T'inquiète ! Je vais en discuter avec Victor, et on se réorganisera.

— Et Sev ?

— Elle va bien. Elle est déçue, mais elle s'en remettra, crois-moi !

— Merci !

Elles s'embrassèrent et la Juive française quitta les lieux.

6

Victor Farrell, le chef tout-puissant du MI6 à Genève et en Suisse se sentait inquiet.

Il devait affronter la réalité. Les Espionnes se retrouvaient à un tournant de leur existence et cela avait déjà commencé quand les routes de ses deux guerrières, Ruth et Sevan, s'étaient séparées alors qu'il fallait intervenir en Argentine.

Cela l'ennuyait, et il espérait recevoir prochainement de bonnes nouvelles de la part d'Hannah.

Si ce n'était pas le cas, il savait aussi que la vie réservait toujours des surprises et qu'une solution se présenterait à lui tôt ou tard.

Il était impératif de résoudre rapidement la situation, car les Alliés se trouvaient à un tournant décisif.

La conférence de Québec du 17 au 24 août avait débouché sur la décision des États-Unis qu'entre mars et septembre 1944 un débarquement en France était la priorité absolue.

Par ailleurs, depuis le départ de Mussolini du pouvoir et le débarquement allié en Sicile, les Allemands se sentaient en danger et avaient repris la bande est du Rhône le 9 septembre 1943.

Tous ces événements aboutissaient à ce que les tensions entre les Alliés et les Allemands augmentaient.

Sur la défensive, les troupes du IIIe Reich se lançaient dans des opérations de répression sans bornes.

De leur côté, Londres et Washington avaient donné leur aval pour que la Résistance entre en action pour de bon.

Depuis début septembre, attentats et sabotages s'enchaînaient. Ils étaient suivis automatiquement par des arrestations aléatoires et quelques exécutions qui, au lieu de calmer la population, renforçaient le sentiment de résilience à défaut de résistance.

Victor Farrell prenait conscience de l'accélération des choses et de la charge qui lui incombait. Ce n'était vraiment pas le moment que les Espionnes lui fassent défaut.

À l'aide d'un émetteur-récepteur, le chef du MI6 à Genève restait en contact quotidien avec Londres. S'il appartenait au MI6 alias SIS, il avait appris qu'après presque trois ans de mise en route, le service concurrent créé de toutes pièces par Churchill en août 1940, le SOE, avait pour mission de « mettre, enfin, le feu à l'Europe » comme son but premier.

Cette information laissait Victor Farrell dubitatif. On lui avait expliqué, fin 1940, que son service serait *has been* et que le SOE lui montrerait comment on faisait de l'espionnage et des actions clandestines, mais comme il n'avait rien vu jusque-là, il demeurait perplexe.

Certes, depuis l'été 43, des parachutages de containers d'armes avaient eu lieu avec succès. C'était un premier pas.

Pour le chef emblématique du MI6 en Suisse, la question qui restait était celle de la valeur des agents que Londres souhaitait envoyer sur le terrain.

Vu que rien ne s'était passé depuis trois ans, il émettait de grands doutes. Il ne pouvait que regretter que le SOE et le SIS n'aient pas collaboré comme espéré et que le dernier-né n'utilise pas l'expérience reconnue du MI6 et de ses agents de terrain.

Les quelques échanges qu'il avait eus avec certains membres du SOE récemment, semblaient lui indiquer que des inflexions dans la stratégie de ce service étaient en cours.

7

L'AS – Armée secrète – de Haute-Savoie était en émoi. Cela faisait plusieurs heures que leur commandant en chef, Jean Valette d'Osia, n'avait plus donné de nouvelles.

Son bras droit au 27e BCA puis au sein de l'armée secrète, Maurice Anjot, alias Bayart, s'inquiétait. Ils avaient rendez-vous le 13 septembre au soir, mais il l'avait attendu en vain.

Aussitôt il avait lancé une alerte que chaque cellule devait respecter et transmettre en toute sécurité.

En parallèle, le capitaine avait dépêché des informateurs en quête de renseignements.

Jusqu'au début de la journée du 14 septembre, personne ne savait ce qu'il était advenu du commandant de l'AS Haute-Savoie.

À force de fouiner, un membre de la Résistance apprit qu'il y avait eu une arrestation la veille dans l'après-midi. Il n'avait pu cependant confirmer le fait ni l'identité de la victime.

Finalement, un mouchard rôdant du côté de l'école Saint-François, la prison de la Gestapo, remarqua qu'un convoi armé jusqu'aux dents quittait les lieux en direction du nord. Il y reconnut le colonel Jean Valette d'Osia, le visage tuméfié, marchant difficilement.

Aussitôt, l'information circula et parvint aux oreilles des officiers du 27e BCA et de l'AS Haute-Savoie.

— Bon, si j'ai bien tout compris, le colonel a été arrêté hier, jeté en prison à Saint-François et il en est sorti ce midi.

— Exactement, confirma la source.

— Où est-il, maintenant ? demanda Anjot.

— Le convoi est parti vers le nord, mais d'après ce que nous avons réussi à apprendre, il semble qu'il allait vers Annemasse.

— Ils se dirigent sûrement vers Annemasse et le Pax afin d'éviter que nous puissions le trouver facilement. Ce n'est pas faux ni idiot, compléta le capitaine Anjot.

— On fait quoi, maintenant ? On ne peut pas rester ici à ne rien faire ! Il ne faut pas que le colon reste aux mains de ces salopards !

— Affirmatif ! Néanmoins, on ne va pas tous se jeter dans la gueule du loup. Essayons de suivre les événements. Imaginons divers plans de libération si nous le pouvons, mais évitons un prisonnier supplémentaire.

L'adjoint du colonel avait refroidi l'atmosphère d'un coup.

Chacun restait dans ses pensées. Même si cela agaçait, tous savaient que la décision du capitaine était juste et que le patron en aurait fait de même.

Lucien Mas, douanier en chef à Moillesulaz et responsable de l'AS d'Annemasse, reçut l'information que Valette d'Osia se trouvait au Pax. On lui demanda d'évaluer les chances de mettre en place un plan d'évasion.

Connaissant très bien les lieux et la situation, il opposa une fin de non-recevoir tout en assurant de demander à ses hommes de surveiller les divers mouvements du commandant SS Lottmann et de ses hommes.

Certes le colonel avait beaucoup de valeur et il fallait éviter qu'il ne parle sous la torture ou en raison de psychotropes puissants, cependant, tant qu'on n'en était pas arrivé là, il fallait attendre le bon moment pour intervenir.

8

La police judiciaire de Genève avait récupéré le dossier du noyé du quai de la Poste après que le médecin légiste avait confirmé qu'il ne s'agissait en aucun cas d'un accident, mais bel et bien d'un homicide.

L'inspecteur Chapuis avait hérité de l'affaire. Avant de pouvoir essayer d'élucider les choses, il fallait déjà mettre un nom sur la victime.

Faute de mieux, et comme la presse avait déjà annoncé la découverte d'un corps dans un bras du Rhône, à proximité immédiate du bâtiment des forces motrices de Genève, un portrait-robot avait été dessiné en s'inspirant du cadavre et un appel à témoin avait été lancé.

Dans la Tribune de Genève, tout un chacun pouvait reconnaître ou pas la victime.

L'un des premiers à identifier le visage reproduit, mais qui garda l'anonymat fut Victor Farrell qui lisait régulièrement le journal chaque soir avant de quitter ses bureaux du 41 quai Wilson.

Feuilletant distraitement le journal, il se retrouva nez à nez avec ce visage qu'il connaissait bien. Le sien se figea aussitôt.

Certes, la police judiciaire ne citait que la noyade et pas l'homicide, mais c'était suffisant pour le chef du MI6.

Victor Farrell avait parfaitement reconnu Paul Mallet, un des fondés de pouvoir de la banque Lombard, Odier et Cie.

Ce que le maître-espion n'aurait jamais révélé à qui que ce fût, c'était que cet homme dont la famille avait quitté la France lors de la révocation de l'édit de Nantes, avait aussi comme responsabilité de gérer les divers virements que le MI6 effectuait depuis Londres pour son bureau genevois, et le financement de diverses opérations de la Résistance.

La Suisse tenant à sa neutralité – ce qui arrangeait tout le monde –, il ne fallait pas ébruiter la chose.

Victor Farrell reprit sa lecture.

« Selon l'inspecteur de la police judiciaire, le corps avait été repêché le lundi 13 septembre au matin.

Tout témoin et toute personne en état d'identifier le mort doit se présenter au premier poste de police, ce qui aidera grandement l'enquête. »

La suspicion légendaire du patron du MI6 de Genève, lui faisait craindre le pire.

Comment un banquier de premier plan, mais d'une discrétion absolue se retrouvait-il mort alors qu'il semblait en parfaite santé ?

L'espion ne croyait pas aux coïncidences.

Ne souhaitant ni indiquer son intérêt concernant l'affaire ni ignorer ce qui s'était passé, il avait utilisé ses divers réseaux et ainsi, finalement, un des membres du conseil de la ville put lui apporter la réponse qu'il attendait.

Paul Mallet avait été assassiné, raison pour laquelle la police judiciaire avait fait publier un avis de recherche dans le journal.

Cette nouvelle inquiéta le maître-espion de Genève, qui resta à son bureau et lança aussitôt l'alerte.

Si le principal financier de la place et des mouvements de résistance alliés avait été éliminé, cela ne s'arrêterait pas là.

Il fallait s'attendre à d'autres coups d'éclat. C'était son intime conviction !

Les services de renseignement alliés à Genève éprouvaient de grandes difficultés à identifier les agents du contre-espionnage allemand, bien qu'ils sussent que ce service était bien implanté dans la cité de Calvin. Peu, voire aucun d'entre eux n'était en mesure de dresser une liste fiable de ces agents.

Vu l'agressivité croissante des Allemands du côté d'Annemasse et de la Haute-Savoie depuis début septembre, il fallait s'attendre à tout, y compris dans cette enclave du bout du lac, en apparence si paisible et dont la neutralité helvétique la protégeait jusqu'alors.

9

Quelques mois après la prise presque totale de la zone sud de la France par les Allemands, l'Abwehr et la Gestapo avaient partiellement enterré la hache de guerre pour collaborer autant que possible.

Un des points d'orgue incontestables avait été la rafle de Caluire avec l'arrestation de Jean Moulin et de ses compagnons, sans oublier la prise du général Delestraint, chef de l'AS, deux semaines auparavant, à Paris.

Si un homme pouvait bien s'enorgueillir de ses divers coups de filet, c'était le commandant Klaus Barbie.

Avec l'aide de ses agents doubles, qu'il avait patiemment recrutés, formés et infiltrés, il pouvait compter sur de nombreux mouchards qui lui transmettaient des informations cruciales, avec l'objectif de décimer tout un réseau.

Il attendait son heure le plus longtemps possible. Quand il estimait en savoir assez, il lançait l'attaque, et en moins de deux, le réseau de résistance ciblé tombait dans sa totalité. Ses membres, après passage à tabac sur place, avaient droit à un aller simple pour Paris, au siège de la Gestapo, puis partaient pour un camp comme Ravensbrück ou Auschwitz, dont ils avaient peu de chances de revenir.

Ces divers faits d'armes et la satisfaction d'avoir arrêté et mis fin aux actions de l'envoyé de de Gaulle en France ne lui suffisaient pas.

Depuis Lyon où il résidait et menait sa politique d'éradication de toute la Résistance, Klaus Barbie régnait en maître sur les départements du Rhône, de l'Ain, de la Savoie et de la Haute-Savoie.

Il n'y avait donc rien d'étonnant à ce qu'il considère Annecy, Annemasse ou encore Chambéry comme ses terrains de chasse et quartiers généraux locaux de sa répression.

Depuis l'arrivée du commandant Lottmann à Annemasse, le 9 septembre, et de Meyer, de la Gestapo, les choses avaient déjà bien bougé. Cela allait continuer.

Barbie avait décidé d'effectuer une de ses inspections à l'hôtel Pax à Annemasse, qui avait été transformé en prison.

Il savait pertinemment que le colonel Valette d'Osia y avait été enfermé sur ses ordres. Il souhaitait éviter toute collusion avec d'autres résistants d'Annecy capables d'essayer de le libérer.

Ce que le colonel ignorait encore, c'était qu'à l'issue de quelques interrogatoires devant le patron, quelques tortures bien senties devant le traducteur Franz Wasmund et une assistante blonde, il rejoindrait la capitale des Gaules le temps d'être jeté dans un train en partance pour Paris et ensuite certainement Ravensbrück, selon la filière habituelle.

Après s'être délecté des séances sur le colonel, dont le visage semblait bouffi, Klaus Barbie ordonna son transfert pour Lyon et tint une réunion avec ses plus proches collaborateurs, dont Lottmann, le traducteur, l'assistante, Fuchs et Meyer.

— Je vais repartir rejoindre mon bureau principal. Il y a une chose qui m'insupporte, c'est de savoir que des salopards, comme le colonel et tant d'autres, commettent des attentats ou des sabotages en France et viennent se réfugier en Suisse comme si de rien n'était. Cela suffit ! s'écria-t-il, tant l'exaspération le consumait.

— Pourtant, depuis une semaine, mes hommes ne cessent de patrouiller et de poursuivre tout résistant, objecta le chef des SS d'Annemasse.

— Ce n'est pas assez ! Si ces enfoirés de Suisses jouent sur la neutralité pour aider les Alliés, ça va chauffer, rétorqua le commandant Barbie.

— Nous ne pouvons créer d'incident diplomatique, rétorqua le commandant Lottmann.

— Vous, non ! Mais nous, Raoul et moi, on fait ce qu'on veut, intervint l'assistante blonde.

— Ma femme a raison. Nous sommes citoyens helvétiques et nous pouvons rentrer au pays quand nous le voulons. S'il faut agir à Genève pour démanteler ces réseaux nocifs, nous le ferons, ajouta le traducteur connu sous les noms de Franz Wasmund ou de Raoul Cevey, originaire de Cheseaux au nord de Lausanne.

— Vous voyez, commandant Lottmann, on y arrive toujours, souligna Barbie.

— Surtout que cela ne sera pas la première fois, lança la blonde avec bravade en jetant un clin d'œil à son mari sans pour autant être plus explicite, fière d'elle.

— Dans ce cas, ma chère Suzanne, je vous prie de monter une opération d'espionnage concernant tous ces traîtres et, le cas échéant, de les neutraliser pour de bon.

— Avec plaisir, commandant, lui répondit-elle, mutine et ravie qu'on lui confie une mission qui satisfaisait pleinement son côté sadique.

10

Cette fois, Victor et Hannah se retrouvèrent sur la rive opposée au Château-Banquet, au sein du quartier populaire des Eaux-Vives, dans un parc où de nombreuses mères de famille venaient passer quelques minutes avec leurs bambins.

Hannah remarqua d'emblée les traits tendus de son vis-à-vis qu'elle connaissait bien à présent. Ils s'assirent sur un banc, tandis que trois hommes et une femme assuraient la sécurité des lieux, pistolet à portée de main.

– Alors, Hannah, où en est-on avec nos deux rebelles ? Avez-vous réussi à les remettre dans le droit chemin ?

– Ne dites pas ce que vous n'auriez pas fait vous-même, cher ami ! Exiger de tels comportements avec des personnes de cette trempe, c'est peine perdue et contre-productif, comme vous le savez !

– Je vous l'accorde ! Cependant, ont-elles retrouvé la raison ?

– Je crois qu'elles ne l'ont jamais perdue ! Je pense que ce serait une grave erreur de forcer Ruth à quoi que ce soit en ce moment. Elle est dévastée de l'intérieur. Elle n'a toujours pas digéré la disparition de ses parents. Elle s'en rend responsable, bien qu'elle ait tout fait pour éviter ça. Elle fait littéralement peur à voir. L'envoyer en mission clandestine en ce moment, ce serait compromettre toute la mission. J'ai plus pitié d'elle qu'autre chose.

— C'est bien beau tout ça, mais on fait quoi maintenant ? Londres m'appelle trois fois par jour.

— Un, on laisse Ruth tenter de se retrouver, si elle y arrive. J'essaie de maintenir le contact avec elle, vous pouvez en faire autant. On verra ensuite ce qu'on peut lui confier. Deux, Sevan est disposée à repartir en mission et à former un nouveau binôme.

— Avec qui ? On n'a pas d'effectifs pour ce genre de mission aussi importante.

— Je vous répète ce qu'elle m'a dit, à juste titre : quand j'ai remplacé Ruth au pied levé, je n'étais pas formée ni préparée à participer à une mission, et pourtant, j'ai assumé mon rôle. Peut-être pas aussi bien que Ruth, mais j'ai rempli ma mission.

— Affirmatif ! Et donc, vous voulez repartir avec Sevan ?

— Pas du tout... Mais ce qui est valable pour moi l'est pour n'importe laquelle des espionnes, pourvu qu'elle en ait envie, qu'elle n'ait pas peur et, comme l'a précisé l'intéressée – à très juste titre, à mon avis –, qu'elle supporte le caractère des plus trempés et inoxydables de Sevan Churuckian.

— Cela ne fait pas un peu beaucoup pour une jeune femme ? remarqua, non sans sourire, le maître-espion pensant à l'intéressée.

— Assurément. C'est ce dernier point qui m'inquiète le plus, ironisa à son tour la cheffe des Espionnes du Salève. Mais j'ai ma petite idée depuis que je les ai vues toutes les deux.

— Dites-moi au plus vite, j'ai des discussions intenses avec Londres et il est probable que j'aie besoin d'un binôme dans les prochaines heures.

— Cela devrait aller. À tout à l'heure, lui lança Hannah qui repartait déjà, sachant ce qu'elle avait à faire. On se revoit dans l'après-midi, OK ?

— OK !

— Au même endroit que la dernière fois, ajouta Hannah qui repartit sans plus attendre.

Quelques heures plus tard, ce n'était pas sans sourire ni fierté qu'Hannah déboulait à Château-Banquet, accompagnée de deux autres femmes.

Victor Farrell, qui venait d'arriver, se demandant bien quel coup fourré sa cheffe des Espionnes avait bien pu monter.

Il eut la réponse quand il reconnut les trois protagonistes.

— Vous ? s'étrangla-t-il presque.

Ayant compris que le maître-espion la désignait, Antonina Macaione lui répondit.

— Ben, pourquoi pas ? J'ai traversé toute l'Italie avec des Allemands partout et je suis arrivée ici. Alors, quand Hannah m'a demandé si j'étais d'accord pour former équipe avec un commandant chevronné comme Sevan Churuckian, j'aurais été bien bête de refuser !

— Décidément, Hannah, vous m'aurez tout fait ! s'exclama le chef du MI6.

— Écoutez, elles ont toutes les deux un caractère de cochon, mais elles semblent s'apprécier. Par ailleurs, elles veulent essayer. Je trouve cela prometteur !

— Mais la Sicilienne, elle ne sait pas sauter en parachute !

— Et alors ? L'Anglo-Arménienne lui apprendra, rétorqua Sevan Churuckian, prenant la défense de son nouveau binôme.

— Elle a raison, monsieur, compléta Antonina.

— En clair, vous ne me laissez pas le choix, soupira le Britannique.

— Non ! répondirent les trois femmes, complices, en souriant.

— Je vous dirai que cela tombe bien, parce que vous, les deux commandos d'opérette, vous partez ce soir pour rejoindre Ambérieu-en-Bugey. Demain soir, deux Lysander viendront vous chercher. Londres a besoin de vous. Je vous expliquerai tout à l'heure.

— Super, répondirent Sevan et Antonina en se tapant dans les mains.

Hannah observait la tête de son ami du MI6. Ce dernier semblait à la fois inquiet et soulagé.

11

Victor Farrell proposa aux trois jeunes femmes de le suivre jusqu'à ses bureaux, il avait diverses choses à leur expliquer.

Hannah accepta tout en précisant qu'elle ne ferait pas long feu ; elle devait s'occuper de son fils.

Quelques minutes plus tard, le groupe se retrouvait dans la salle de réunion du MI6, au 41 quai Wilson.

— Si vous nous expliquiez ce qu'on fout ici ? Pourquoi tout ce secret ? cracha Sevan, très cash, qui détestait attendre et ne pas comprendre.

— Laissez-moi juste le temps de vous expliquer.

— On est tout ouïe ! lança Antonina avec son accent rocailleux.

— J'ai appris récemment que le SOE et son chef, le colonel Buckmaster, avaient décidé d'accélérer les opérations de sabotage et d'attentats contre les Allemands et de soutenir les groupes de la Résistance.

— Pourquoi pas ? Mais en quoi cela nous concerne ? hurla presque Sevan.

— Simplement parce que votre serviteur s'est fait entendre de Buckmaster. Il a reconnu que jusqu'à présent ses agents n'avaient pas été en état de mener des missions à terme. Loin de me sentir concurrencé, j'ai pu leur expliquer que nous avions des spécialistes de la région allant de Bourg à Chambéry en passant par Genève, qui avaient mené de nombreuses opérations en territoire ennemi et qui pourraient leur apporter l'expertise qui leur manque visiblement.

— C'était avant, avec Ruth ! remarqua Hannah.

— Je ne leur ai pas fait part des crises de nerfs de madame Churuckian ou de madame Jacob, d'accord ! répondit Victor, quelque peu agacé.

— Bien sûr ! observa Sevan, calmant l'atmosphère, c'est de la tambouille interne. Antonina et moi on se débrouillera, et de toute façon, vous n'avez menti qu'à moitié, puisque j'ai suivi la formation du MI6 et des SAS en parachutisme. Par ailleurs, j'ai en effet parcouru toute la région mentionnée et j'en ai buté certains, ajouta-t-elle avec une certaine fierté.

— Merci, madame Churuckian, fit le Britannique.

— Si on allait droit au but maintenant, s'impatienta l'Anglo-Arménienne.

— Demain, deux Lysander viendront vous prendre en charge à Ambérieu. Soyez prudentes, car la Gestapo est partout. Ensuite vous resterez quelques jours avec les membres du SOE et vous suivrez des entraînements avec les instructeurs du SAS, que madame Churuckian connaît déjà. Vous aurez aussi des discussions avec les officiers du SOE et d'autres qui seront envoyés ici prochainement. Vous aurez également le privilège de faire la connaissance d'agents du BCRA* de de Gaulle qui sont, à présent, intégrés dans les effectifs du SOE.

— On verra bien, dit Sevan qui s'en moquait. On part quand ?

* Bureau central de renseignement et d'action, était le service de renseignement et d'action de la France libre pendant la Seconde Guerre mondiale.

— Cette nuit. Vous quittez les bureaux maintenant pour préparer vos affaires et vous rejoignez le passage des ambassadeurs à Moillesullaz, la maison de cette chère Irène Gubier, qui est toujours utilisable bien qu'elle soit partie pour Ravensbrück. Un passeur vous prendra en charge pour rentrer en France et vous remettre à un réseau qui vous conduira jusqu'à Ambérieu, au champ dénommé « Figue » où les deux Westland Lysander se poseront, le temps de vous faire monter et de repartir.

12

Depuis quatre jours qu'il était interrogé jour et nuit et régulièrement torturé, Jean Valette d'Osia, entraîné à ce genre situation, n'avait pas craqué, ce qui exaspérait grandement ses geôliers.

Il espérait que la douleur ne l'obligerait jamais à trahir ses amis et contacts.

Comme c'était la coutume, si l'on pouvait dire, Barbie signa son acte de transfert de la prison de Montluc à Lyon vers la villa Bömelburg, avenue Victor Hugo à Paris.

La Résistance suivait tout ce qui se passait, espérant trouver une occasion qui semblait partie en congé de longue durée.

De fait, les instructions données par tous les chefs étaient qu'il ne fallait prendre aucun risque : un homme arrêté c'était bien assez !

Le 18 septembre au soir, deux agents de la Gestapo, vêtus d'un manteau de cuir noir et coiffés d'un chapeau gris anthracite, arrivèrent à la prison. Ils prirent en charge le colonel, prêt pour son départ.

Une voiture les conduisit tous les trois jusqu'à Perrache où ils descendirent pour rejoindre les quais de la gare. Un train attendait pour rejoindre Paris.

Le trio monta à bord et rejoignit le compartiment qui leur avait été alloué. Jean Valette d'Osia suivait les deux gaillards comme il pouvait, ses lacets de chaussures lui ayant été confisqués et ses mains menottées.

Une fois affalé sur la banquette, le prisonnier s'assoupit, ce qui ne choqua pas ses gardes sachant ce qu'il avait subi ces derniers jours et le manque de sommeil qui s'était ensuivi.

Le train s'ébranla et quitta Lyon, à la plus grande satisfaction du colonel qui ne dormait que d'un quart d'œil. Les gestapistes, convaincus du sommeil de leur prisonnier et de leur sécurité, s'installèrent confortablement et s'endormirent eux aussi.

Le colonel, desserrant les paupières, put constater qu'il était le seul encore éveillé.

« C'est le moment ou jamais ! » se dit-il en se rapprochant de la fenêtre. Il perçut au même moment un ralentissement du convoi.

Il posa la main sur la vitre et essaya de la baisser. Elle résistait. Il dut s'y reprendre tout en surveillant les deux bougres qui dormaient déjà à poings fermés.

Le train ayant encore ralenti, et la fenêtre ayant fini par céder et s'abaisser totalement, le résistant se lança pieds vers le bas et tête vers le haut.

Au même moment, un des gardes réveillé par le bruit de la fenêtre, comprit ce qu'il se passait, il saisit son pistolet et tira.

Il manqua sa cible qui avait déjà sauté.

L'atterrissage sur le ballast fut sec et douloureux. Sa tête frappa le sol durement et se mit à saigner, mais il était vivant et le train continuait de s'éloigner. Pour peu de temps ; le son des freins se faisait déjà entendre.

Il n'y avait plus de temps à perdre, il était quasi certain que les deux gestapistes s'étaient rendu compte de la situation et avaient déjà déclenché l'arrêt d'urgence.

Une chasse à l'homme risquait fort de commencer, et pas forcément à l'avantage du fuyard, à moins qu'il n'anticipe au maximum.

Jean Valette d'Osia, groggy, mais heureux, se releva, traversa les voies pour se mettre à l'abri des lumières. Il avança d'abord au plus vite en sens inverse de la marche du train puis, remarquant un bois en contrebas, s'y lança de toute sa détermination.

La douleur qu'il ressentait encore des nombreux coups reçus le ralentissait, mais il tenait bon, sa vie était en jeu.

Quelques minutes plus tard, alors que le silence régnait, il pénétrait dans un village endormi. Un panneau indiquait : *Chambertin.*

13

L'inspecteur Chapuis, de la police judiciaire de Genève, ne prenait pas l'affaire Mallet à la légère. Toute la presse s'y était mise, c'était hélas le prix à payer pour identifier la victime.

Chacun avait sa version, mais seule la vérité intéressait notre limier qui, à ce stade, n'était pas convaincu de la détenir un jour ou l'autre.

Il s'était rendu sur le lieu de travail de la victime, où on ne tarissait pas d'éloges sur les compétences hors norme de l'individu. Bien entendu, le fond même de ses activités ne fut aucunement abordé, au soulagement des banquiers qui n'appréciaient guère cette forme de publicité.

Ensuite, l'inspecteur se rendit au domicile du défunt. Il n'y trouva qu'une gouvernante inconsolable. Paul Mallet était veuf et se montrait un employeur modèle et attentionné.

« Décidément, c'est un vrai poisson, ce gars ! » remarqua l'inspecteur Chapuis.

Tout était lisse dans la vie de cet homme. Aucune aspérité quelconque.

Il décida de se rendre vers le quai de la Poste et se mit à interroger les divers badauds et tenanciers de petites échoppes.

Cela lui prit du temps, chacun avait sa version des choses, souvent très éloignée de l'homicide.

Après plusieurs discussions à bâtons rompus, il dut se rendre à l'évidence : ce monsieur semblait sans histoires. Il se rendait à son bureau assez tôt le matin et le quittait tard le soir. Il se promenait tranquillement et passait assez souvent par le quai de la Poste et les bâtiments des Forces motrices.

Le seul point intéressant fut un témoin qui pensait l'avoir aperçu de loin, le dimanche en toute fin de journée, le long des berges. Il croyait se souvenir que l'homme s'était légèrement arrêté et avait, lui semblait-il, été abordé par quelqu'un.

Le témoin était cependant incapable de préciser le sexe de la personne qui aurait interpellé la victime et encore moins de confirmer que Paul Mallet était tombé à ce moment-là.

Sa journée de recherche achevée, le policier devait reconnaître que ses prises restaient bien maigres.

Pendant ce temps, Victor Farrell, au caractère tout aussi trempé que la majorité des Espionnes, avait décidé de suivre l'avis d'Hannah Leibowitz.

Il avait fait parvenir un message à Ruth Jacob, lui proposant un rendez-vous. Vu la situation, il s'attendait à tout.

À sa grande surprise, la réponse fut immédiate et positive.

« Tout n'est pas perdu, finalement ! » se dit-il à lui-même.

Toujours suivi par ses chiens de garde, il prit le chemin du pont du Mont-blanc, puis de la place du Molard où se trouvait toujours une certaine foule. Il s'assit à l'intérieur de son café préféré, la froidure s'installant gentiment depuis deux ou trois jours.

Cinq minutes plus tard, la porte s'ouvrit. Une silhouette décharnée avança la tête, puis pénétra dans les lieux et rejoignit Victor Farrell qui resta subjugué. En la dévisageant, il comprenait beaucoup de choses et, notamment, les décisions d'Hannah.

Ruth Jacob était méconnaissable. Certes, elle avait toujours eu une structure physique très fine et avait été plus en retrait que Sevan Churuckian, ce qui n'était pas difficile, mais elle possédait cette intelligence, cette vivacité d'esprit qui sautait aux yeux.

Le chef du MI6 lui adressa un sourire, lui indiquant la chaise face à lui. Il était ravi d'avoir encore une bonne minute pour reprendre ses esprits fortement perturbés par le spectacle affligeant d'une personne totalement à la dérive.

— Bonjour, Ruth !

— Bonjour, Victor.

— Asseyez-vous, je vous prie. Que désirez-vous boire ?

— Un verre d'eau sera parfait.

Le serveur revint avec un verre et une carafe. Le chef du MI6 s'était exceptionnellement autorisé un ballon de chasselas de la région.

La jeune femme restait muette.

— Alors, Ruth, dites-moi comment vous allez après tout ça.

— Pour être franche, je survis. Au moins je ne suis pas à Auschwitz comme mes parents !

La voix était enrouée, des larmes débordaient des côtés de ses yeux. Elle poursuivit :

— Et puis, mon frère est ici avec sa famille. Grâce à vous et vos contacts, ils ne sont pas entassés dans des camps de réfugiés français, mais libres de leurs mouvements, et mon frère apporte ses compétences médicales à la Croix-Rouge.

— Ce sont de bonnes nouvelles. Et vous ?

— Je me sens vidée, dirais-je. En même temps, les journées sont longues, j'avais oublié.

— C'est sûr qu'avec les missions des Espionnes, le temps passait plus vite.

— Oui !

— Hannah m'a expliqué votre souhait de faire une pause des opérations avec madame Churuckian. Mais est-ce que si je vous proposais quelque chose ici, cela vous conviendrait ?

— Ben, pourquoi pas, répliqua la jeune femme, cela dépend de ce que c'est, et si je m'en sens capable. Je ne suis plus la même, vous savez !

— Je peux me l'imaginer, en effet. Ce que vous avez enduré en déstabiliserait plus d'un. Je comprendrais qu'il soit trop tôt pour vous.

— En même temps, je m'ennuie. C'est quoi ? demanda-t-elle avec intérêt.

— Un truc dans vos cordes.

— Du secrétariat au consulat ?

— Assurément pas. Je vous explique, et après on en discute.

— D'accord. Je vous écoute.

— En fait, pour résumer, un homme qui participait au financement du MI6 et de la Résistance, ici à Genève, a été retrouvé assassiné pas loin d'ici.

— Le banquier d'origine française ?

— Affirmatif. Je vois que vous suivez ce qui se passe ici, remarqua-t-il avec plaisir. Je ne crois pas à une coïncidence. Pourquoi un homme à la vie bien rangée, discret, aurait été tué ici ? Je ne vois qu'une raison, porter atteinte à nos activités antinazies.

— Ça tient la route ! s'exclama la jeune femme, reprenant du poil de la bête, pour le plus grand plaisir de son interlocuteur.

— Son décès est une perte, mais ce qui m'inquiète encore plus c'est la menace qui pèse sur nous tous. Si la Gestapo d'Annemasse ou l'Abwehr de Genève ont décidé d'intervenir ici, en terres neutres, on a vraiment du souci à se faire.

— C'est une certitude. Mais honnêtement cela nous pendait au nez depuis longtemps. Quand on discute avec certains, on apprend que des foyers pro-allemands et pro-nazis existent ici. Il doit y avoir au moins une centaine, voire bien plus encore d'agents ennemis ici.

— Je vois que vous êtes bien informée.

— Ce n'est pas parce que je me refais une santé que je suis devenue idiote ou que ce qui se passe ne m'intéresse plus.

— Je n'aurais pas dit ça.

— Moi, si ! Et alors, en quoi je puis vous aider ?

— Après ma dernière entrevue avec Hannah, une idée s'est mise à germer dans mon esprit.

— Je vous écoute, et je crains le pire, je sais que vous êtes un maître des coups tordus.

— Vous serez surprise, cette fois, ce n'est pas si tordu que ça. En fait, si j'aligne le fait que vous ressentez le besoin de rester à Genève pour vous refaire une santé et de faire un break quant aux missions clandestines en Europe, que j'y ajoute votre expérience des nazis et de leurs divers agents, je me dis que vous êtes la personne la plus indiquée pour fouiller ce sac de merde à Genève et débusquer les salopards de service.

— Alors, ça, ça me convient, déclara Ruth Jacob, tout sourire. Je commence quand ?

— Maintenant ! Vous me suivez au bureau, je vous donne tout ce que j'ai et je vous laisse carte blanche. Faites attention : si on ne se trompe pas, le danger est certainement bien plus grand que partout où vous êtes allé avec Sevan Churuckian.

— Certainement, mais je me sens chez moi, ici ! Comptez sur moi. Et puis, vous et Hannah, vous êtes là !

Victor Farrell sourit en se disant qu'après tout, rien n'était perdu !

14

Sev et Antonina avaient suivi les instructions du mentor des Espionnes. Au milieu de la nuit, juste après leur rencontre au MI6, elles étaient allées chez madame Gubier, à Moillesullaz.

Lucien Mas les avait prises en charge en personne et menées derrière ses bureaux où une voiture de la gendarmerie de Vichy les attendait.

Dans un premier temps, l'Anglo-Arménienne freina des quatre fers.

— Ne vous inquiétez pas, c'est un homme de chez nous. Mais de nuit, une voiture de la gendarmerie avec deux prisonnières passera beaucoup mieux. À moins que vous ne préfériez rejoindre Bourg à pied, fit le chef des douaniers français de la zone.

— Non, non ! répondit Sevan. On y va, mais sur le moment cela m'a rappelé de mauvais souvenirs.

— Je veux bien vous croire ! Allez-y, et bon voyage.

Les portes claquèrent, et la Citroën Traction prit la direction du nord.

Ce fut ainsi que, après avoir changé plusieurs fois de véhicule et de chauffeur membre de la Résistance, elles aboutirent à l'aube aux environs d'Ambérieu-en-Bugey où elles restèrent cachées en attendant l'arrivée des Lysander, la nuit suivante.

Au crépuscule, leurs contacts de la Résistance les guidèrent vers un champ non cultivé, mais fauché, qui servait de piste d'atterrissage de fortune.

Personne n'avait encore eu à redire sur cette utilisation agricole originale.

Des hommes du réseau se répartirent avec des torches, et le son d'un moteur en phase d'approche se fit entendre.

Une minute plus tard, le premier Westland Lysander se posait en cinq cents mètres.

Une fois à l'arrêt, le pilote, Hugh Verity, chef d'escadrille de la RAF 161, ouvrait sa bulle de verre.

— Montez !

Un résistant fit la courte échelle à Sevan qui se hissa et glissa ses jambes derrière le pilote. Celui-ci refermait déjà le hublot et mettait les gaz afin d'opérer un demi-tour pour s'élancer et remonter la piste.

Au moment où il arrivait au bout et s'apprêtait à se positionner pour un décollage au plus vite, un second Lysander passait au-dessus et atterrissait à son tour.

Hugh Verity poussa les manettes, et le Lysander roula à folle allure avant de s'élever au-dessus du second aéronef dans lequel Antonina s'installait déjà.

L'escadrille 161 de la RAF, que dirigeait le commandant Verity, effectuait ce genre d'opérations régulièrement avec brio et efficacité.

Quelques heures plus tard, après un vol peu tourmenté malgré quelques tirs ennemis depuis le sol, les deux engins se posèrent au sud de l'Angleterre, non loin de Portsmouth, sur l'aérodrome de Tangmere.

Sevan n'aurait pu affirmer si c'était une coïncidence ou pas, toujours était-il qu'une fois dans le hangar, elle se retrouva avec un binôme, Yeo Thomas pour le SOE et Pierre Brossolette, du BCRA de la Résistance française à Londres. Ils devaient décoller plus tard pour rejoindre la région d'Angoulême, en zone sud.

Le véhicule qui les avait amenés depuis Baker Street, QG du SOE, attendait de prendre en charge les deux nouvelles venues qui profitèrent de l'instant pour faire connaissance et en apprendre plus sur la situation et leur propre mission.

Avec son comparse Richard Heslop, Yeo Thomas était l'un des meilleurs officiers du SOE. Pierre Brossolette s'avérait être un des proches du général de Gaulle et le numéro 2 du BCRA, sous la direction d'André Dewavrin, alias le colonel Passy. Le BCRA était le service de renseignement créé à Londres par la Résistance extérieure dirigée par le général de Gaulle. Après une période de relations assez fraîches avec les services britanniques, un rapprochement s'était effectué, et à présent SOE et BCRA travaillaient de concert.

Deux heures plus tard et quelques rigolades en prime, nos deux drôles de dames rejoignaient la capitale britannique.

15

Malgré la guerre, Londres grouillait d'activité, et le choc était grand, tant pour Sevan, qui résidait le plus souvent dans la paisible Genève, que pour la Sicilienne, habituée au calme de son île.

Elles furent logées dans un petit hôtel adjacent au QG de Baker Street.

À leur plus grande surprise, leur arrivée en terre britannique avait été parfaitement organisée, et plusieurs rencontres et entrevues étaient à l'ordre du jour.

Antonina put remarquer la notoriété de sa consœur. Le commandant Churuckian était une véritable star, même dans ce monde des plus masculins au sein duquel les femmes étaient cantonnées le plus souvent à servir le thé ou à un rôle d'assistante.

Le colonel Buckmaster, qui avait déjà essayé de la débaucher trois ans plutôt, était ravi de la revoir.

— Cher commandant, quel bonheur de vous revoir ! C'est dommage qui vous soyez fidèle au SIS de Farrell et Dansey.

— Vous savez comme moi qu'on ne change pas une équipe qui gagne ! lui rétorqua-t-elle.

— On peut voir ça comme ça ! Mais le SOE...

— ... n'a pas réellement triomphé malgré tous vos efforts, colonel. C'est une des raisons pour lesquelles je suis là, non ?

Le commandant Sevan Churuckian avait cette capacité à toujours mettre les pieds dans le plat au moment où il ne le fallait pas. Elle restait conforme à sa réputation.

Le patron du SOE faillit avaler sa gorgée de thé des Indes de travers et son visage devint soudain cramoisi alors qu'il s'étranglait presque.

Il tenta de reprendre un peu de sa superbe et de retrouver de la prestance avec diplomatie.

— Cher commandant, votre activité, depuis le début de la guerre, nous laisse tous pantois. Il est certain que vous avez de nombreuses victoires à votre actif, et déjà, d'être toujours vivante trois ans après toutes vos opérations clandestines contre les nazis constitue en soi un véritable diplôme !

— Je vous remercie. Je voudrais savoir où vous en êtes et quels sont vos projets. Je vais être franche avec vous : plus vite nous pourrons nous mettre à disposition de nos amis de Genève pour une mission, mieux nous nous sentirons. N'est-ce pas, Antonina ?

— Affirmatif, fit l'Italienne qui avait compris que ce mot faisait mouche chez ces espions et militaires.

— Vous avez raison. Je vous propose que nous utilisions ces deux prochains jours pour tout vous expliquer, vous permettre de rencontrer des officiers devant se rendre en France, et vous indiquer dans quels buts. Ensuite, vous resterez quelques jours pour rejoindre le centre d'entraînement du 1er SAS afin de parfaire votre niveau, si tant est que cela soit nécessaire. Est-ce que cela vous convient ?

— Pour moi, c'est parfait.

— Alors, faisons comme cela.

Ce fut ainsi que les deux jours à Baker Street se révélèrent un véritable tourbillon pour les deux espionnes.

C'était à qui, des Britanniques ou des Français, voulait les rencontrer. Le colonel Buckmaster et ses deux adjoints, Nicolas Bodington et Vera Atkins, les assommèrent d'une foule de renseignements captivants et de nombreuses questions sur les missions accomplies.

Elles purent comprendre la raison fondamentale pour laquelle le SOE avait fini par accepter une collaboration avec le SIS qu'il jalousait autant.

— Pour être totalement franc, nous sommes dans une situation inconfortable. D'un côté, nous devons engager le combat afin de déstabiliser l'ennemi. De l'autre, force est de constater que nos diverses opérations ont connu des échecs cuisants. Une aide n'est donc pas de refus.

— Vous pouvez préciser ?

— Bien sûr. Considérons l'exemple d'une opération d'envergure qui a eu lieu en juin dernier. Elle a entraîné l'arrestation et l'internement de plusieurs de nos agents, dont Andrée Borrel, Gilbert Norman et Francis Suttill. Ces individus étaient plus ou moins affiliés au réseau Prosper-Physician. Ce réseau a été complètement éradiqué. Le seul de nos agents infiltrés qui est resté en vie, et surtout actif, c'est Noor Inayat Khan qui se trouve toujours à Paris et que nous aimerions rapatrier. Hélas, toute dévouée à la cause, elle refuse catégoriquement de rentrer ! s'exclama-t-il.

— Vous voulez qu'on aille à Paris ? s'écria Sevan, un peu éberluée et surtout se rappelant un épisode de sa vie encore douloureux.

— On s'en charge nous-mêmes, ne vous inquiétez pas. En revanche, on a besoin que vous nous communiquiez tout ce que vous savez sur les Allemands dans votre région, leurs méthodes, et j'en passe. Par ailleurs, quand vous rentrerez, vous serez notre binôme de référence et nous vous contacterons pour chaque affaire sensible.

— Pour moi c'est parfait.

— Pour moi aussi, crut bon d'ajouter la Sicilienne qui n'entendait pas être en reste.

16

Pendant ce temps, le colonel Valette d'Osia n'était pas encore tiré d'affaire. Il craignait que la Gestapo finisse par le retrouver.

D'autant plus que la Bourgogne n'était absolument pas son terrain de jeu, il ne pouvait donc compter que sur lui-même ou sur de braves gens qui ne le dénonceraient pas. Ce n'était pas gagné d'avance, les collabos plus ou moins virulents demeuraient nombreux !

La chance du combattant devait malgré tout lui sourire, car, à la première ferme où il se présenta, et ce, malgré les menottes bien visibles, le paysan le fit entrer discrètement et lui donna à manger. Puis il lima la chaîne qui retenait les deux menottes avec les moyens du bord.

Sa femme nettoya ses blessures, et pour finir, il reçut en héritage une veste noire et une casquette permettant de cacher sa plaie au visage.

— Il ne faut pas rester ici, la milice et la Gestapo vont débarquer dans les prochaines heures. Mon fils va vous mener plus loin, en lieu sûr pour vous et pour nous.

— Merci à vous.

— Prenez soin de vous, monsieur, et vive la France ! fit l'épouse, alors qu'un jeune homme se présentait.

— Emmène-le loin des regards. Tu connais les deux villages qu'il faut à tout prix éviter. Et après, reviens vite, mon fils.

— Tu peux compter sur moi !

Il mit la main sur la poignée et jeta un coup d'œil au-dehors.

— Merci pour tout, fit le colonel en leur serrant la main avant de suivre son guide.

Ils sortirent dans la nuit noire alors que résonnaient au loin des sons qu'ils devaient fuir à tout prix. Une battue semblait avoir commencé à l'endroit où le train s'était arrêté.

Ils marchèrent ainsi deux bonnes heures. Heureusement aucune blessure n'entravait la progression du militaire.

Le corps du colonel se montrait des plus douloureux après les divers passages à tabac. Le nombre d'ecchymoses qui le parcouraient était impressionnant, et elles se rappelaient à son bon souvenir à chaque pas. L'envie de survivre était plus forte, et il serrait les dents.

Alors que le jour n'allait pas tarder à se lever, le fils du fermier lui remit quelques billets, comme son père le lui avait demandé.

— Prenez ça, cela devrait vous dépanner. Allez au bout de la rue et frappez à la dernière maison à droite, vous verrez, ce sont de braves gens. Bonne chance.

— Merci à vous et à vos parents.

Le jeune homme avait déjà tourné le dos.

Peu désireux de se faire repérer en plein jour, alors qu'il devait avoir une mine de déterré et que les menottes enlaçaient encore ses poignets, le colonel remonta la grand-rue au plus vite.

Il déboucha sur une maison d'où émanait de la lumière. Alors qu'il allait frapper, la porte s'ouvrit sur un homme aux cheveux bien blancs.

— Entrez vite.

Il ne fallut pas longtemps pour que l'officier s'exécute.

— On va déjà vous retirer ça, fit l'homme en désignant les menottes à chaque poignet. Après, ma femme va vous examiner, votre escapade ne vous a pas laissé en excellent état, me semble-t-il.

— Cela ne sera pas de regret.

Une heure plus tard, après un bon petit déjeuner, le colonel avait pu se laver et se changer. Son hôte lui avait remis des vêtements propres et tout juste repassés.

Tous trois avaient discuté, et vu comme ils l'avaient soigné et pris en charge, il leur avait révélé qui il était.

La femme considérait qu'il avait encore besoin de se remettre, et le couple le garda caché pendant deux journées entières.

Pendant ce temps, leur fille rejoignait Dijon pour remettre un message au prêtre dont on leur avait appris qu'il appartenait à la Résistance, afin qu'il transmette un message à l'AS de Haute-Savoie.

Celui-ci étant absent, et la jeune femme, qui n'avait pas les deux pieds dans le même sabot, prit le train pour Annecy et remit le billet à deux personnes dont le colonel avait donné le nom.

Il avait indiqué qu'il fallait le joindre chez sa tante, à Clinzeaux, dans le Morvan, où il se cacherait en attendant.

17

Avant de rejoindre leur camp d'entraînement parachutiste et commando, Sevan Churuckian et Antonina Macaione avaient rencontré une sacrée équipe qui partait en mission en France.

Reconnaître Hugh Verity, le pilote qui l'avait amenée d'Ambérieu à Tangmere, fit sourire l'Anglo-Arménienne.

Celui-ci effectuait de nombreux vols entre son pays d'origine et la France occupée.

Il était le commandant de l'esquadrille 161 de la RAF, dont l'existence même était un secret d'État absolu que peu connaissaient, pour cause.

Son Westland Lysander portait lui-même le nom évocateur de *Tangmere*, tout un programme.

Cet avion permettait de voler très bas et donc ne pas être repéré trop vite, d'avoir une autonomie permettant de faire un aller et retour jusqu'aux environs de Lyon sans avoir besoin de refaire le plein.

Enfin, un terrain agricole plat et long de six cents mètres lui suffisait pour atterrir et redécoller avec un passager à chaque fois.

Le commandant Verity, qui effectuait ces missions dangereuses depuis le début de la guerre, avait acquis une solide expérience, et le haut commandement britannique lui confiait volontiers les passagers VIP.

C'était ainsi que les officiers de haut rang de la Résistance à Londres et ceux du SOE, comme Bodington ou Buckmaster, se rendaient régulièrement en France occupée et pouvaient diriger leurs différents réseaux.

Dans la mesure où ils ne restaient pas longtemps sur place, ils n'avaient pas été dénoncés jusqu'à présent.

Hugh Verity changeait le plus souvent possible de piste pour éviter que cela ne devienne une routine et que la Wehrmacht n'installe une batterie antiaérienne à proximité du terrain et ne le prenne pour une cible facile.

En ce 21 septembre, le colonel Buckmaster avait tenu à ce que nos deux espionnes rencontrent le colonel Richard Heslop, l'un des piliers majeurs du SOE, et Jean Rosenthal, qui avait intégré le BCRA dirigé de main de maître par André Dewavrin, alias le colonel Passy, qui venait de rejoindre Alger depuis peu.

En droite ligne de ce que le colonel Buckmaster leur avait exposé depuis leur arrivée, le SOE et le BCRA souhaitaient conjointement, et avec l'aide de personnes compétentes, comme le MI6, lancer des opérations de déstabilisation de l'ennemi.

Dans ce cadre, la coopération de certains réseaux de résistance était primordiale à la condition *sine qua non* que leurs membres soient efficaces, ne soient pas des têtes brûlées et, cerise sur le gâteau, ne soient pas infiltrés par des agents doubles.

Cela faisait beaucoup de si, néanmoins, cela s'expliquait quand on avait bien compris les propos du colonel du SOE qui avait déjà perdu de nombreux agents de valeur dont le réseau avait été infiltré par des agents doubles.

La mission qu'allaient entreprendre le colonel Heslop et Jean Rosenthal se dénommait « Musc » et devait permettre d'évaluer les possibilités d'armer certains bataillons de résistants, dans l'Ain dans un premier temps, et en Savoie et Haute-Savoie dans un second temps.

Après divers échanges, Hugh Verity et les deux en partance pour Musc rejoignirent l'aérodrome de Tangmere pour décoller au début de la nuit.

Le colonel Buckmaster avait pu transmettre à tout ce petit monde que le CNR – le conseil national de la résistance – venait d'élire Georges Bidault comme président.

Noor Inayat Khan se trouvait dans l'appartement de la place de l'Alma où se déroulait la réunion, et elle avait transmis la nouvelle presque en direct au QG de Londres, à l'aide de son matériel radio.

18

Julien Dungler, qui travaillait comme attaché au consulat de France à Bâle, s'occupait de tâches administratives quand une réceptionniste lui apporta un morceau de papier avec son nom.

Il le prit, et le lut après l'avoir déplié.

Juju, viens en urgence où tu sais ! *Jeanne*

Son visage se tendit. Certes, Jeanne Jenny lui envoyait de temps à autre des messages, mais c'était la première fois qu'elle indiquait qu'il y avait urgence.

La jeune passeuse et membre des réseaux des Groupes mobiles d'Alsace ne s'était pas déplacée elle-même, mais avait utilisé une de ses messagères suisses habituelles.

Ses parents possédaient une magnifique ferme à laquelle ils avaient ajouté une auberge qui, avant le conflit, faisait le plein d'hôtes des deux côtés de la frontière.

Elle se situait à Hagenthal, et la rivière Augraben qui coulait à ses pieds servait de frontière naturelle entre la ville d'Allschwil et la banlieue bâloise qui se trouvait en face.

Certes la frontière était, çà et là, parcourue par des fils de fer barbelés, et des soldats allemands y faisaient souvent la garde.

Quand on était une jeune Alsacienne de vingt ans, patriote opposée à l'annexion de sa région natale par un régime fasciste, et que votre chambre donnait sur la Suisse, il était facile de savoir quand traverser sans se faire prendre.

C'était une des raisons pour lesquelles elle avait pris autant d'importance dans le réseau du Haut-Rhin dont les chefs se trouvaient essentiellement à Mulhouse.

En ce 22 septembre, on était en milieu d'après-midi. Le jeune homme décida d'attendre la fin de la journée, puis de s'approcher de la ligne de démarcation entre les deux pays en utilisant sa bicyclette pour rejoindre Allschwil.

Sur le coup des 17h30, il quitta les lieux, profitant du déplacement des travailleurs et employés suisses pour se fondre dans la masse.

Une demi-heure plus tard, il entrevit l'auberge et remarqua un bras qui s'agitait. C'était le signe qu'il pouvait passer.

Il coucha son vélo sur le bas-côté, à l'abri des regards, enleva ses chaussures et ses chaussettes, puis releva au maximum ses pantalons avant de s'engager dans l'eau qu'il trouva bien froide.

Une fois en France, et alors qu'aucun Allemand ne semblait rôder dans les parages, Jeanne le rejoignit.

— Cela fait des heures que je t'attends !

— Je n'ai eu ton mot qu'à quinze heures cet après-midi, et il fallait que je quitte le bureau au bon moment. Me voilà. Alors que se passe-t-il pour que tu me demandes de venir toutes affaires cessantes ?

— Hier, René Ortlieb et l'abbé Stamm ont été arrêtés et envoyés directement au KL de Schirmeck. D'après Paul Winter, le chef du GMA de Mulhouse, cette rafle en augure d'autres de tous les réseaux du GMA du nord au sud de l'Alsace.

— Waouh !

— Et puis il y a autre chose.

— Quoi ?

– Ma sœur Emma n'est pas rentrée à la maison depuis deux jours. Je sais qu'elle passait du temps avec son amoureux, mais jusque-là elle était toujours rentrée. On s'inquiète ici.

– Je rentre et je discute avec divers responsables du GMA en Suisse et de la Résistance, basés à Bâle.

– D'accord.

Elle lui posa un baiser sur la joue, qui le fit rougir, et disparut dans la végétation dense du bord de l'eau.

Il était clairement amoureux d'elle, mais jamais, au grand jamais, il ne le lui aurait avoué. Comme si elle l'ignorait !

La nouvelle l'avait ébranlé, et il avait besoin d'en parler à des amis sûrs. Il rebroussa chemin, non sans s'écorcher le pied contre une pierre ni manquer de tomber et de retrouver son pantalon de costume trempé, à son plus grand déplaisir.

19

Julien Dungler rentra au consulat et contacta la légation* de France à Berne, via un numéro qu'il connaissait, mais qu'il n'avait jamais utilisé jusque-là.

Par chance son interlocuteur décrocha.

— Pourchot, légation de France.

— Bonjour, commandant, ici Dungler, du consulat de Bâle. J'ai besoin de vous voir de toute urgence. Il y a eu des événements graves dont je dois vous parler.

— Venez ici, c'est plus sûr. Je vous attends, quelle que soit l'heure.

— J'arrive.

Deux heures plus tard, alors qu'il faisait nuit noire, un homme se présentait à la légation. Gaston Pourchot était le seul à être resté et il descendit de l'étage de son bureau pour ouvrir la grande porte en chêne.

Il reconnut Julien Dungler qu'il avait déjà rencontré plusieurs fois et dont il lisait la prose interne sur la situation en Alsace assez régulièrement.

* Légation : nom donné aux ambassades, à l'époque.

— Entrez vite !

Le commandant referma derrière lui et lui indiqua l'escalier, puis son antre.

— Asseyez-vous et dites-moi ce qui est si grave pour que vous veniez maintenant.

— Je viens d'apprendre qu'hier la Gestapo a arrêté Marcel Ortlieb et l'abbé Stamm. Vu ce que cela signifie, je me suis dit que vous deviez en être informé et qu'il fallait lancer une alerte à tous les réseaux d'Alsace où d'ailleurs ayant des ramifications avec la 7e colonne d'Alsace et leurs bras armés, les GMA.

Le commandant écouta attentivement. Son visage blanchit, son corps et ses traits se tendirent.

— Vous avez bien fait, c'est d'une gravité extrême, et il faut absolument mettre à l'abri tous les membres des divers réseaux concernés, car si René et l'abbé sont pris, c'est que les schleuhs en savent certainement plus.

Gaston Pourchot occupait le poste d'attaché militaire adjoint de la légation de France en Suisse. Selon les termes de l'armistice, et comme tous les officiers, il avait été démobilisé en novembre 1940.

Le seul point ironique résidait dans le fait que, contrairement aux apparences, il n'était pas retourné dans son pays d'origine, mais était resté en Suisse, à son poste, où Vichy le payait pour continuer à combattre les nazis en tant que chef du 5e bureau du renseignement militaire français en Helvétie.

Comble de la situation, il touchait toujours ses émoluments. Son activité consistait dans la réalité à entretenir des réseaux d'informateurs avec les divers services de renseignement alliés, le service de renseignement de la confédération et ainsi de participer à la lutte contre l'envahisseur allemand.

Il représentait un des rouages les plus importants de la Résistance en Suisse tout en étant jusqu'alors fidèle au maréchal Pétain, comme de nombreux officiers et sous-officiers. Avec le retour de Pierre Laval au pouvoir et à la botte de Berlin, ses convictions avaient été bien ébranlées. La lutte pour la liberté restait le but ultime.

Il était donc la personne de référence à joindre en cas de situation spéciale ou urgente, ce qui était aujourd'hui le cas.

Julien Dungler représentait un simple maillon de toute la chaîne du renseignement. Sa position d'employé du consulat de Bâle lui permettait de rester en contact avec son Alsace natale, ses amis de la Résistance et, bien entendu, les autorités helvétiques et les hauts responsables français de la lutte antinazie.

Certes, le fait que deux membres de la Résistance soient simultanément arrêtés arrivait, mais c'était surtout l'identité de René Ortlieb et de l'abbé Stamm qui avait poussé le jeune espion à contacter Gaston Pourchot. Ce dernier ne lui posa aucune question ; pour que cette procédure d'alerte soit utilisée, il se doutait de la gravité de la situation.

Peu de gens auraient pu comprendre toute la portée de la nouvelle. Gaston Pourchot, lui, en évaluait instantanément le danger.

Il connaissait Julien Dungler en raison de ses fonctions consulaires au service de la Résistance, mais surtout à cause de son frère, Paul Dungler, un entrepreneur originaire de Thann, dans le Haut-Rhin, qui n'était pas le premier venu.

Cet homme, ancien officier démobilisé et chef d'entreprise, se trouvait encore dans le Périgord au moment de la défaite et avait décidé de regagner son Alsace natale.

De retour, il avait créé avec quelques comparses, Marcel Kibler et Paul Winter, l'un des tout premiers réseaux de résistance recensés par Londres, qui se voulait apolitique. Il réunissait officiers et sous-officiers démobilisés qui ne souhaitaient qu'une chose, bouter les Allemands hors du territoire français et alsacien.

Exactement comme un certain Gaston Pourchot.

C'était la 7e colonne d'Alsace, créée le 1er septembre 1940.

Il avait réussi le tour de force de se faire adouber autant par la Résistance intérieure, les gaullistes, que par le maréchal Pétain en personne, qui avait financé les deux mouvements en toute discrétion jusqu'en avril 1944 !

Après la rafle de décembre 1940, visant à traquer tous les ennemis du IIIe Reich, Paul Dungler avait quitté l'Alsace et rejoint Lyon en zone libre. Il y avait installé son quartier général, dans une des cliniques du Dr Pujadoux, un ami proche.

L'Alsace étant annexée depuis l'armistice de 1940, les Allemands considéraient tout individu contestant leur autorité comme un ennemi du peuple germanique, et leur traque était devenue terrible.

De même, tout jeune homme devait effectuer son service militaire dans la Wehrmacht. Bon nombre avaient refusé cette incorporation et été inlassablement pourchassés. Quant à ceux qui n'avaient pu y couper, ils étaient devenus les « Malgré nous ».

Pour les premiers, une solution s'était présentée grâce à de jeunes Alsaciennes, sœurs ou épouses qui avaient créé un réseau d'évasion vers la zone sud, le réseau Pur-Sang. Des milliers d'Alsaciens avaient pu quitter leur région natale grâce à elles.

Malheureusement, dans ce genre de situation, la bonne volonté ne suffisait pas, il fallait de l'ordre, de la rigueur et une sorte de professionnalisme que ces dames ignoraient.

L'une d'elles avait été arrêtée par négligence crasse, et les autres avaient suivi, sauf une qui avait réussi *in extremis* à rejoindre le sud de la France à temps.

Le réseau Pur-Sang était mort.

Cela avait donné l'occasion à la 7e colonne d'Alsace de recruter et d'intégrer les derniers agents compétents. Cependant, dans cette unité, l'organisation se montrait des plus strictes, ce qui lui avait permis de grossir et d'être des plus redoutables.

En parallèle de cette organisation, Paul Dungler avait créé les Groupes mobiles d'Alsace qui représentaient le bras armé composé de soldats et d'officiers déserteurs de la Wehrmacht, dans le but, soit d'agir pour des opérations clandestines en France, soit d'être prêtes pour la reconquête de l'Alsace et de la Lorraine.

C'est ainsi que des généraux et le colonel Rivet, du service de renseignement de l'armée, le 5e bureau, avaient fait appel à Paul Dunger pour monter une opération d'exfiltration du général Giraud, enfermé en Allemagne près de Dresde depuis septembre 1940.

Il s'était enfui grâce à des complicités de la forteresse, le 16 avril 1942, et avait été pris en charge par des hommes du GMA et de la 7e colonne d'Alsace. Il était arrivé en Alsace où René Ortlieb et l'abbé Stamm l'avaient hébergé. La nuit du 22 avril 1942, ils l'avaient aidé à rejoindre la Suisse en catimini, où il avait été réceptionné par la police locale, et c'était le colonel Masson, chef du SR helvétique, qui l'avait libéré. Il était finalement arrivé en Algérie quelque temps plus tard.

Les Allemands n'avaient jamais digéré l'affaire. S'ils avaient réussi à arrêter le même jour les deux membres importants de la 7e colonne, qui avaient aidé le général Giraud à s'évader, cela signifiait que le contre-espionnage allemand avait découvert de nombreux éléments sur l'affaire et qu'ils feraient tout pour démanteler les divers réseaux rattachés à l'événement.

Gaston Pourchot savait donc à quel point cette arrestation représentait un signal d'alarme majeure.

20

Depuis sa rencontre avec Victor Farrell, Ruth Jacob avait retrouvé de l'entrain et de la vigueur.

Elle se sentait utile. Pourchasser les méchants dans toute l'Europe était une chose, mais en faire de même sur place prenait aussi du sens.

Elle avait interrogé la police judiciaire qui, malgré le soutien de certains, avait refusé de lui parler du dossier avec précision.

Elle s'était renseignée auprès de la banque, et la réponse avait été identique. Finalement, elle s'était rabattue sur Victor afin d'en savoir plus sur la victime, sur ses liens avec la Résistance et les services secrets alliés.

Une évidence s'imposait : si Paul Mallet, simple banquier bien que soutenant la Résistance par son action, avait été éliminé, dans ce cas, n'importe qui pouvait l'être dans la si paisible Genève.

Le chef du MI6 en était convaincu et il lui proposa de rencontrer un des plus hauts responsables du SR en Suisse romande, le capitaine Bernard Cuenoud.

Dans le même temps, lors d'une rencontre, il avait décrit une vingtaine de personnalités qui risquaient d'être la cible du contre-espionnage allemand ou de toute autre entité affiliée.

Bernard Cuenoud dirigeait le bureau F du SR, et s'il était basé dans les environs de Berne à l'état-major, il se rendait régulièrement auprès des divers postes récepteurs, les bureaux locaux de renseignement.

Il était donc assez facile pour Victor Farrell qui était en contact régulier avec le SR et cet officier de convenir d'une rencontre à trois.

Il fut décidé que cela se passerait à la gare Cornavin, lieu de passage important malgré la guerre.

Il s'y trouvait un salon de coiffure que beaucoup connaissaient, qui donnait sur les voies et dont le patron n'était autre que Marcel Durupty, agent du SR.

Ce fut ainsi que les trois espions se retrouvèrent en milieu de journée. Ils s'installèrent au fond du salon afin d'éviter de se faire repérer depuis l'extérieur.

Après de chaleureuses salutations, Bernard Cuenoud entra dans le vif du sujet.

— Alors, mon cher Victor, si vous me disiez quel est le problème.

Le chef du MI6 à Genève lui résuma ce qu'il savait de la mort de Paul Mallet et lui fit part de ses inquiétudes.

— Il est clair qu'un banquier chargé des affaires de la Résistance et du MI6, retrouvé assassiné dans le Rhône, ce n'est pas anodin !

— Surtout que je ne vois pas ce que cela leur rapporte. Honnêtement, en dehors de gens appartenant aux services allemands, je ne vois pas un petit voyou faire ça !

— Vous avez raison, Victor. Mais alors, pourquoi ?

— Je tourne et retourne l'affaire dans mon cerveau, et je n'entrevois que deux réponses.

— Je vous écoute.

— Soit c'est un avertissement, ce qui me paraît tout sauf malin, car à présent nous sommes sur nos gardes. Soit certains ont décidé d'agir en Suisse et plus précisément à Genève où se côtoient des gens comme vous et nous.

— Annemasse étant juste de l'autre côté, les SS et la Gestapo aussi depuis le 9 septembre, ceci explique peut-être cela.

— Je partage votre analyse, mon cher Bernard. Quoi qu'il en soit, si Paul est le premier de la liste, vous, Ruth, Hannah, moi, bref, nous sommes tous en danger. Nous devons nous montrer prudents et si possible débusquer la ou les bêtes.

— Je comprends votre raisonnement, mais vous savez que je ne m'occupe que de récolter des renseignements pour la Suisse et les Alliés. La partie contre-espionnage est du domaine du Spab, et je n'ai aucune idée de ce qu'ils font et de ce qu'ils savent, s'exclama Bernard Cuenoud d'un air impuissant.

— Vous avez sûrement des contacts à l'état-major, des gens qui s'en occupent, non ? demanda Ruth, restée silencieuse jusque-là.

— Oui, oui, je peux interroger le grand patron, Max Waibel. Je ne suis pas certain qu'il sera en mesure de nous en apprendre plus, mais sait-on jamais ?

— Voyez avec lui si déjà il peut mettre Ruth en contact avec un de ses responsables ici, et on verra. J'ai demandé à Ruth de surveiller nos ennemis à Genève pendant que d'autres espionnes agissent ailleurs.

— Vous avez bien fait ! J'y vais et je vous tiens au courant par le canal habituel.

Tous trois sortirent un à un.

21

Après la visite surprise du jeune Julien Dungler, le commandant Gaston Pourchot prit immédiatement des mesures. Il informa ses alliés de la situation et les invita à se rencontrer dès que possible.

Deux jours plus tard, un flot continu d'individus essayant de se faire passer pour de simples quidams se présentait à la villa von Wattenwyl, Herrengasse 23 à Berne, où séjournait Allen Dulles, représentant personnel du président Roosevelt et numéro 2 de l'OSS, ancêtre de la CIA.

Quand tout le monde fut arrivé et installé dans le salon de la somptueuse bâtisse, le maître des lieux prit la parole.

— Chers amis, merci d'être accourus aussi rapidement. J'ai cru comprendre que des nouvelles alarmantes nous venaient depuis l'Alsace. Je vais laisser ce cher commandant Pourchot nous raconter cela. En attendant, j'ai une excellente nouvelle.

— Ah bon ? s'exclamèrent en cœur les participants.

— Sachez qu'en ce 23 septembre, l'Italie vient d'abdiquer ! Ce qui nous fait un ennemi de moins.

Les convives arborèrent un visage surpris. La nouvelle était de taille, même si tous savaient que le débarquement allié en Sicile et en Italie avait produit son effet.

— Si je partage votre satisfaction, mon cher Dulles, je préciserai néanmoins que cela signifie aussi que l'Allemagne sera encore plus redoutable que jamais. Il suffit d'observer comment cela se passe en zone sud où les Allemands ont remplacé les Italiens. La répression n'a jamais été aussi forte, crut bon d'ajouter Victor Farrell.

— Mon collègue et ami du MI6 a parfaitement bien résumé la situation. Ce que nous gagnons d'un côté, nous le perdons de l'autre, remarqua le colonel Groussard, chef des résistants à Genève et représentant des MUR, mouvement unifié de la Résistance, qui avait installé une ambassade dans la cité de Calvin.

— Je comprends vos réticences, mes amis, mais je vois cela comme un commencement. De toute façon, une lutte sans merci pour la libération de l'Europe a débuté et on peut, en effet, s'attendre à tout de la part des nazis qui ne se laisseront pas faire. À nous d'écrire l'histoire. Allons de l'avant ! Commandant, racontez-nous ce qui s'est passé.

Gaston Pourchot, qui n'attendait que cela, ne se fit pas prier. Il relata sa conversation avec le jeune Julien Dungler et en profita pour rappeler à ceux qui l'avaient oublié ou qui l'ignoraient, la situation des résistants en Alsace, de la 7e colonne et du GMA dans son ensemble.

— Comme chaque fois que des agents importants sont arrêtés, le risque qu'ils parlent sous la torture existe, et personne ne pourrait les en blâmer. Dès que j'ai appris la chose, j'ai lancé une alerte maximale en prévenant déjà Paul Dungler à Alger et les différents dirigeants des GMA, à commencer par Marcel Kibler et Paul Winter.

— Comment pensez-vous gérer ceux qui sont chez nous dans divers camps et qui n'attendent qu'une chose, agir ? demanda le colonel Masson, chef du SR. Comme vous le savez, nous tenons à garder officiellement notre statut de neutralité, même si nous nous rencontrons, comme maintenant, et que nous luttons contre les nazis à vos côtés. Il faut que cela reste discret et que l'on passe sous les radars.

— C'est une évidence, mon cher colonel, fit le chef du MI6 en Suisse, Frederick Vanden Heuvel.

— Il n'en demeure pas moins que certains résistants alsaciens vont se cacher chez eux et que d'autres vont certainement gonfler les réseaux des GMA suisses qui ont été créés cet été, avec la collaboration officieuse du SR et de l'armée. Il suffit de comptabiliser les deux mille combattants disponibles au camp de Mögelsberg, fit le commandant Pourchot.

— Heureusement que le camp est supervisé par le commandant von Allmen qui a l'ouverture d'esprit de comprendre que ces gens ne rêvent que d'une chose, rentrer libérer leur pays et en aucun cas s'incruster ou mettre le désordre chez nous, compléta le colonel Masson.

La réunion se poursuivit encore un peu, puis les uns et les autres quittèrent les lieux.

Alors que Victor partait, le commandant Pourchot le rattrapa.

— Victor, il faut qu'on parle, vous avez cinq minutes ?

— Bien sûr, mon cher Gaston. Accompagnez-moi jusqu'à la gare, vous voulez ?

— Volontiers.

Les deux hommes se connaissaient bien et s'appréciaient. Ils prirent la direction de la gare.

— Alors qu'y a-t-il de si important ?

— Ce que je n'ai pas raconté aux autres, c'est que le jeune Julien Dungler, le frère de Paul, chef des GMA et de la 7e colonne d'Alsace, m'a signalé que la sœur d'une amie et son petit-ami, le frère de Paul Winter, chef du GMA de Mulhouse, Henri, avaient disparu. Tous deux s'inquiètent, sachant que Emma Jenny et Henri Winter sont des membres actifs du GMA de Mulhouse. Vu ce qui vient d'arriver à Ortlieb et Stamm, cela peut se comprendre.

— En effet, leurs craintes sont justifiées. Qu'attendez-vous de moi, Gaston ?

— Est-ce que vous n'auriez pas des Espionnes à envoyer sur place pour vérifier ce qu'il en est ?

— En ce moment, avec les Espionnes c'est un peu olé olé. Mais je vais en discuter avec Hannah et je vous tiens informé par émetteur-récepteur.

— Merci, Victor. Vous voilà arrivé !

Ils se saluèrent, et chacun poursuivit sa destination.

22

Grâce à la jeune Fournier, le colonel Valette d'Osia n'eut pas longtemps à attendre dans le Morvan de sa tante.

Une équipe de ses anciens officiers et sous-officiers passés à la Résistance comme lui débarqua un bon matin.

— Alors, colonel, on s'octroie des vacances ? lui lança un de ses hommes.

— C'est malin !

— Blague à part, pas trop de mal avec ce que vos tortionnaires vous ont fait subir ?

— Je m'en remettrai ! Néanmoins, je ne souhaite cela à personne, je ressens encore les douleurs de ces heures de mauvais traitements et de tortures. Rester des heures durant à genoux sur une règle rectangulaire, se prendre des coups de pied et de poing régulièrement, ce n'est pas évident, j'ai le corps couvert d'ecchymoses. Le pire est encore le coup de la baignoire. Je comprends maintenant que certains aient succombé à la suffocation ou à un arrêt cardiaque. Heureusement, j'ai trouvé ma propre parade pour tenir. Finalement, je suis là, et il y en a qui ont vécu bien pire. Moi, je suis vivant. À Annecy, ça se passe comment ?

— Je crois que votre évasion n'a pas plu à certains à Lyon et à Paris. Barbie fait la navette entre Lyon, Annemasse et Annecy, et ses sbires en font autant. On vous cherche partout. Les arrestations sont permanentes. Si vous n'avez pas vos papiers en règle, vous êtes bon pour un voyage en Allemagne aux frais de la princesse.

— Je vois. Si je comprends bien, hors de question de retourner à mon poste à Annecy, voire dans toute la Haute-Savoie ?

— Ils étaient tellement contents d'avoir réussi à vous mettre enfin la main dessus, maintenant que vous leur avez échappé, vous êtes totalement grillé.

— Vous avez un plan, les gars ?

— On vous escorte jusqu'à Genève. Vous y serez à l'abri. Après, vous verrez là-bas ce qu'ils ont concocté pour vous. Ce sont nos ordres !

— Si je suis grillé en Haute-Savoie, la seule solution pour le moment, c'est la Suisse où je serai le moins en danger. La suite, on verra. Le combat continue !

— Il vaut mieux vous avoir vivant ailleurs que mort à Annecy, lui rétorqua le sous-officier assez directement.

— Je suppose que je ne pourrai même pas passer par Annecy. J'aimerais m'entretenir avec mes divers officiers.

— Une partie est ici. Par ailleurs, Tom Morel et Marcel Anjot vont nous rejoindre quand nous serons à proximité de Bellegarde-en-Valserine. Mais avant, on va passer non loin de Bourg où nous avons rendez-vous avec le commandement de l'AS de l'Ain.

— Romans-Petit ?

— Affirmatif. Comme nous devons traverser en partie son territoire, certains ont pensé qu'avant que vous passiez la frontière pour une assez longue absence, vous pourriez échanger des informations importantes entre vous. Je crois savoir qu'en plus vous aurez droit un comité d'accueil.

— Comment ça ?

— J'en ai déjà trop dit, lui répondit le sous-officier qui lui servait d'ordonnance.

De fait, le groupe avançait assez rapidement selon son plan, et il se retrouva en fin de journée dans un lieu secret non loin de Mâcon. Le colonel Valette d'Osia fut accueilli comme un héros par Romans-Petit. La surprise n'était pas celle qu'il aurait pu imaginer, mais elle lui plaisait.

Heslop et Rosenthal, qui venaient d'atterrir peu de jours auparavant, souhaitaient le rencontrer et discuter avec lui du présent et de l'avenir.

Londres étant des plus perplexes quant à livrer des armes à la Résistance, ces deux-là devaient revenir avec des arguments solides qui permettraient de convaincre Churchill et son aréopage du bien-fondé de la chose.

Une partie de la nuit fut consacrée à la description de la situation en Haute-Savoie avant l'arrestation du chef de l'AS régionale.

Il ressortit de ces divers échanges qu'une des forces majeures et incontestables de l'armée secrète mise en place et dirigée par le colonel Valette d'Osia reposait sur l'expérience militaire du chef, et surtout sur l'encadrement de tous les groupes par des officiers et sous-officiers issus du 27e BCA.

L'AS de Haute-Savoie bénéficiait donc d'un encadrement par des hommes disciplinés et aguerris au combat.

Heslop et Rosenthal furent ébahis par cette description de l'organisation dont ils ignoraient beaucoup d'aspects.

— Question idiote, mais de circonstance : cette structure qui repose en grande partie sur vos épaules ne va-t-elle pas se dissoudre ou se détendre avec votre départ ? fit Jean Rosenthal.

— J'aurais posé la même question à votre place ! Comme dit précédemment, le 27e BCA ayant été dissous selon les règles de l'armistice et mes gars étant désireux de poursuivre la lutte contre l'envahisseur, ils m'ont tous suivi et appartiennent en totalité à l'AS 74 ! C'est un peu comme s'ils avaient changé de bataillon, si ce n'est que les hommes que nous dirigeons sont répartis sur tout le département. Donc, mes officiers et sous-officiers se sont répartis un peu partout et dirigent des plus petites sous-unités ce qui nous permet d'être plus efficaces.

— Qui va vous remplacer ? poursuivit Heslop.

— C'est Tom Morel, avec mon fidèle bras droit, Marcel Anjot. Ils sont certainement déjà au commandement depuis qu'un salopard m'a dénoncé.

— Parfait pour moi, conclut Jean Rosenthal qui ne pouvait que remercier le ciel que Vichy ait démobilisé des gens de cette trempe.

Ils poursuivirent encore quelque temps puis se couchèrent.

Le lendemain, ils se rapprochèrent lentement mais sûrement de la frontière avant de buter soudainement sur Tom Morel et Marcel Anjot. Des accolades s'ensuivirent.

Le colonel se sentait heureux de retrouver ses frères d'armes en qui il avait une confiance totale.

— Alors, Jean ! comment ça va ? se hasarda Tom.

— J'ai encore mal au visage et au bassin. Je me suis blessé quand j'ai sauté sur le ballast.

— Et le traitement de choc de Barbie et consorts ? poursuivit Marcel Anjot.

— Il y a plus sympathique, j'ai encore mal à plusieurs endroits, mais vous comme moi sommes entraînés à ce genre de choses, et puis cela n'a pas été aussi long que ça. Cela aurait sûrement été autre chose à Paris, chez Karl Bömelburg.

— Ça, c'est certain, mais tu as quand même été cuisiné pendant quatre, cinq jours, et si tu n'étais pas aussi vif, tu serais déjà à Paname !

— Et pas au Moulin rouge ! éclata de rire le colonel.

— Sûrement pas.

— Blague à part, cela se passe comment dans les maquis ?

— Le train-train quotidien.

— C'est une bonne chose. Si j'ai bien compris, de Gaulle et Churchill s'intéressent à nous. Ils viennent d'envoyer un groupe d'évaluation pour nous faire parvenir des radios, des armes et tout le toutim.

— Ce serait une excellente chose !

— Je crois que j'ai été assez convaincant hier soir. Bon, maintenant, je vais vous laisser. Je vous donnerai des nouvelles quand je serai à mon point de chute final.

— Tu ne restes pas en Suisse en attendant une insurrection ?

— Je suis trop connu. Je vais voir avec de Bénouville, Groussard, Davet et Rivet ce qu'ils m'ont réservé.

En toute fin de journée, le colonel approchait d'Annemasse dont il évita le centre-ville. Ses guides l'amenèrent à proximité de Moillesullaz.

Comme de bien entendu, Lucien Mas, qui était au parfum, ne put s'empêcher de l'approcher et de bavarder un peu à l'écart de la douane, les SS n'étant jamais très loin. Puis, il le conduisit lui-même le long du Foron que le colonel traversa.

— Continuez sur une centaine de mètres et vous allez tomber sur l'abbé Desclouds.

— Merci, Lucien. Tenez bon et n'allez pas visiter le Pax !

— Promis, colonel ! Faites attention ! Ce matin, la Gestapo a arrêté Laure Diebold, la secrétaire de Jean Moulin à Paris. Ils ne lâchent rien !

— Certes, mais nous non plus nous ne nous laisserons pas intimider, et quand l'heure de les foutre dehors sonnera, ils seront bien surpris. Allez, salut, Lucien.

23

Au même moment, deux Lysander atterrissaient à la suite sur le terrain d'aviation de Pont-de-Vaux.

Les aéronefs déposèrent leurs passagers et repartirent en sens inverse. Encore une fois, Hugh Verity avait fait partie du voyage et, sachant qu'un des paquets n'était autre que le commandant Churuckian, il n'aurait raté cela pour rien au monde.

Sans ressembler à une star de cinéma, le commando anglo-arménien déployait un charme certain, et son côté garçon manqué tranchait avec le reste de la gent féminine.

Par ailleurs, le fait qu'elle soit la seule commandante du 1er SAS, et aussi espionne du MI6, achevait de le fasciner.

Cela n'avait pas empêché le fruit de son désir de le charrier bien comme il fallait.

— Décidément, vous ne pouvez plus vous passer de moi, mon cher Hugh ! lui avait-elle lancé, mi-charmeuse, mi-réprobatrice.

Le pilote qui, en temps ordinaire, gardait son sang-froid, n'avait rien pu dire ni faire d'autre que rougir comme une pivoine.

Quand il s'était posé, et alors qu'il ralentissait le temps que sa passagère descende de son engin, il n'avait pu refréner un :

— Faites attention à vous, *darling*.

— Comme d'habitude, mon cher. Par ailleurs, je ne suis pas votre *darling*, et éloignez votre carlingue, lui avait-elle balancé en sautant sur l'herbe.

Les deux Espionnes avaient été prises en charge par les hommes de Romans-Petit. Après un peu plus d'une semaine d'entraînement intense, ce qu'elles vivaient leur semblait des vacances.

À la grande surprise de Sevan Churuckian, son binôme avait très vite intégré les rudiments du saut en parachute et du tir à la carabine. Elle avait aussi appris à égorger un individu ou à lui rompre les vertèbres en moins de deux.

Antonina s'était bien gardé de dire que, dans son village où la pègre et la mafia trônaient, certains avaient institué une milice qui avait pour but de se défendre et de lutter à armes égales avec la *'Ndrangheta*. Elle en faisait partie.

Son intervention au bord du lac quelques semaines auparavant, en était l'illustration.

Les deux commandos rencontrèrent Heslop et Jean Rosenthal, qui leur contèrent leur conversation avec le colonel Valette d'Osia. Ils étaient à la fois sous le charme et surtout impressionnés que ces résistants abandonnés à eux-mêmes depuis bien longtemps ne se montrent pas fantoches, mais très professionnels.

Elles apprirent que le colonel rejoignait le MUR de Genève et se dirent qu'elles en profiteraient pour le rencontrer. Sevan avait des éléments à discuter avec lui.

Le lendemain, elles entraient en catimini en Suisse par la villa Cara, appartenant à un membre de la famille Frossard de

Saugy, du côté de Ville-la-Grand. Sevan connaissait par cœur le trajet et leur servit de guide. Elles arrivèrent ainsi tranquillement à Genève.

Après avoir échangé quelques mots avec Victor Farrell, Sevan décida de rejoindre aussitôt le quartier de Champel et la cache de Groussard et ses amis.

Toutes deux débarquèrent vers les quinze heures. Une gouvernante leur ouvrit et les conduisit vers le salon.

En entrant, l'Anglo-Arménienne se raidit, comme si elle venait de rencontrer le diable en personne. Elle poursuivit son chemin, mais Valette d'Osia n'avait rien perdu de sa réaction et décida d'en jouer.

— On se croirait presque à une réunion des Espionnes ! Moi qui les ai rencontrées de temps à autre, aujourd'hui, j'en ai trois pour le prix d'une ! s'exclama-t-il.

Groussard, qui ne comprenait pas tout et dévisageait chacun, se demandait bien ce qui se passait.

Ruth, assise au côté du colonel, ne se sentait pas plus à l'aise que son ancien binôme. Elles étaient totalement décontenancées, n'ayant jamais imaginé une telle situation.

Tout doucement, Sevan revenait de sa stupeur et se disait que seul un tordu comme Farrell pouvait se trouver derrière un guet-apens pareil.

Ruth et Sevan ne s'étaient pas revues depuis des semaines, chacune ayant mené sa mission de son côté. Aucune ne s'attendait à revoir l'autre et voilà qu'elles se retrouvaient face à face.

— Qu'est-ce que tu fais ici ? lança le commandant Churuckian avec plus de rage que voulu.

— Je pourrais te renvoyer la question, ma chère. Si tu veux poursuivre ta guéguerre, tu sors et tu attends que j'aie fini avec le colonel. J'étais la première. Si, en revanche, tu arrêtes tes conneries, je pense qu'on peut rester dans la même pièce sans s'écharper.

Le colonel Groussard et le colonel Valette d'Osia fixaient les deux protagonistes une à une, gardant le silence.

— Je ne sais pas pourquoi tu as besoin du colonel Valette d'Osia, mais cela m'intéresse, même si j'imagine que nos buts sont différents.

— Certainement.

Ruth expliqua alors pourquoi elle avait désiré rencontrer le colonel. Elle résuma sa discussion avec Victor Farrell, sur divers points qui le chagrinaient concernant la noyade du banquier de la Résistance à Genève et la possible opération de plus grande envergure de la part des Allemands.

Farrell avait seulement soulevé l'idée que le seul lien qui pouvait expliquer une tentative d'attaque des cibles alliées à Genève se trouvait être Annemasse et la Gestapo qui s'y était installée depuis le 9 septembre.

Sans oublier qu'un certain Klaus Barbie agissait de Lyon à Annecy en passant par Annemasse.

— Si mes infos sont justes, le colonel vient de vivre des moments pénibles qui sont en lien avec ces trois villes. Peut-être a-t-il des informations qui nous manquent et qui me permettraient d'avancer. Pour le moment, j'ai l'impression de ne pas savoir par quel bout commencer, conclut Ruth.

— En effet, cela n'a pas l'air aisé.

— Farrell, cette fripouille d'espion anglais a encore vu juste, s'exclama Valette d'Osia. Ces quelques jours m'ont amené à suivre toute la procédure de ces tortionnaires qui se croient au-dessus de tout. J'ai fait profil bas, mais cela ne m'a pas empêché de regarder, d'écouter et de me faire mon idée.

Les deux jeunes femmes, qui s'étaient enfin calmées et avaient laissé de côté leur orgueil et leur rancœur, se retrouvaient en communion, pressées d'en savoir plus.

Valette d'Osia se lança alors dans la description de son arrestation et de ses divers transferts à Annecy, Annemasse et Lyon.

Il confirma que le chef d'orchestre de tout cela était bien Klaus Barbie, celui-là même qui avait arrêté les sept résistants à Caluire, dont Jean Moulin.

Il raconta son passage à Annemasse et détailla un point qui perturba au plus haut point Ruth et les deux autres espionnes.

— Pendant les interrogatoires musclés, j'ai peu vu le commandant Barbie. En revanche, Kurt Meyer, le grand chef de la Gestapo d'Annemasse, le commandant SS Lottmann, leur traducteur et une assistante blonde sont souvent venus me voir au Pax.

— Ah bon ? fit Ruth, surprise.

— Le traducteur s'appelle Franz Wasmund, l'assistante n'a jamais donné son nom, mais elle était aussi agressive que les gestapistes ou le traducteur, une vraie fanatique haineuse détestant tout résistant. Mais le plus surprenant, c'est que quand ces deux-là parlaient en français, je n'ai décelé aucun accent français, ni allemand, ni suisse allemand. En revanche, ils avaient bien des intonations suisses romandes, voire vaudoises. Habitant Annecy, j'ai pris l'habitude de distinguer les uns des autres, les accents des régions limitrophes !

Ruth, Antonina et Sevan en restèrent bouche bée !

Ruth revint de sa stupeur.

— Si je traduis ce que vous venez d'affirmer à l'instant, cela veut dire que dans la joyeuse bande des tortionnaires, il y avait des Suisses de Romandie et peut-être du canton de Vaud.

— Affirmatif, conclut le colonel Valette d'Osia

— C’est dingue, compléta Sevan.

— Si j’étais vous, j’essaierais de retrouver ces gens et de les suivre à la trace. Je suis peut-être totalement à côté de la plaque, mais si vous recherchez un lien entre Gestapo et Genève, vous l’avez !

— Je fais comment ? s’exclama Ruth, de nouveau désemparée.

— Le seul qui peut vous en dire plus c’est Lucien Mas, le chef des gardes-frontières français et chef de l’AS d’Annemasse.

— Je ne le connais pas plus que cela.

— Allez voir l’abbé Desclouds de Thônex, à cinq cents mètres de Moillesullaz, de ma part et surtout de la part de Bénouville, Groussard ou…

— Farrell, compléta Sevan avec malice.

— Exactement ! confirma Valette d’Osia.

24

Pendant ce temps, une réunion de la plus haute importance avait lieu au QG de la Gestapo d'Annemasse, comme en écho de celle se déroulant à Champel-Genève.

Kurt Meyer avait convoqué son collègue de la Waffen SS, le commandant Lottmann, le traducteur Franz Wasmund, alias Raoul Cevey, et sa pseudo-assistante, en réalité sa femme, Suzanne Cevey.

Ces deux derniers se trouvaient être des convaincus de la première heure de la nécessité d'un renouveau de l'Europe et donc de la Suisse. Le nouvel ordre mondial proposé par le IIIe Reich et son Führer correspondait à cent pour cent à leurs aspirations.

À partir du moment où, dans la nuit du 8 au 9 septembre, les Italiens bien trop mous à leur goût avaient cédé la garde de la rive gauche du Rhône, les Allemands se retrouvaient aux limites du territoire helvétique.

Cette proximité permettait aux deux nazillons de service de passer régulièrement la frontière et de collaborer étroitement avec les SS et la Gestapo sans que cela leur crée le moindre état d'âme.

Participer aux interrogatoires, aux tortures de toutes sortes, leur procurait une satisfaction sadique incomparable. Faire du mal à autrui sans risque de punition était divin pour eux comme pour leurs comparses, Lottmann, Barbie, Meyer, qui y trouvaient une certaine jouissance.

Il fallait avoir atteint un haut degré de pathologie psychiatrique pour se complaire dans ce genre de situation. Comme pour nombre de ceux qui infligeaient de tels traitements inhumains, cela ne les inquiétait nullement.

Le commandant Meyer, imbu de sa position hiérarchique et sous les ordres d'un chef encore plus sanguinaire, prit alors la parole.

— Chers amis, nous sommes ici à Annemasse, et dans toute cette bande de terre de la rive gauche du Rhône, depuis début septembre, afin de rétablir l'ordre, au contraire de ces feignasses d'Italiens. Après presque trois semaines ici et quelques opérations percutantes contre la Résistance, force est de constater que les Suisses se foutent clairement de notre gueule avec leur neutralité de m... En réalité, ils laissent ces salopards de terroristes se cacher chez eux, à Genève et ailleurs, et revenir nous attaquer ici en France, pays qui nous appartient ! C'est un peu trop facile.

— Je m'excuse de vous interrompre, fit le commandant Lottmann. Je dois malheureusement admettre que je suis d'accord avec vous. Il aurait été préférable que le Führer envahisse cette petite île, qui regorge maintenant de ces crevures antinazies.

— Si je partage la globalité de vos propos, je ne crois pas que le maître du IIIe Reich soit naïf. S'il n'a pas conquis mon pays, c'est que, d'une part le prix d'une attaque dans un tel pays montagneux aurait été des plus coûteux en armes et en pertes humaines, et par ailleurs, parce que les autorités helvétiques, dans leur grand courage éternel, ont cédé à presque tout ce que désirait Adolf Hitler : accès au système bancaire, traversée du territoire sans encombre, même avec des armes, et j'en passe ! Finalement, l'Allemagne n'est pas perdante, même si Genève et d'autres villes suisses sont devenues le refuge d'une certaine racaille, qu'il faut absolument éradiquer, j'en conviens, acheva Raoul Cevey que ses vis-à-vis ne pouvaient soupçonner d'accointance avec l'ennemi.

— Sans compter que nous avons déjà agi il y a peu de temps, compléta Suzanne Cevey avec un regard jubilatoire.

— Pardon ? hurla presque Meyer qui n'avait intimé aucun ordre et se sentait dépassé par le côté.

— On n'allait quand même pas vous attendre, poursuivit l'intéressée. La Suisse est notre pays, et voir ces gens avec leur arrogance manigancer à qui mieux mieux parce qu'ils se sentent à l'abri de tout ne pouvait que nous pousser à réagir. C'est ce que nous avons fait il y a quelques jours, et vu ce que le commandant Barbie a exposé il y a peu de temps quand il est venu, nous n'allons pas nous arrêter en si bon chemin.

— Vous pouvez être plus explicite, ma chère Suzanne ? interrogea le commandant Lottmann, plein d'admiration pour cette femme dont le charme, la témérité et la hargne contre les Alliés ne lui déplaisaient guère.

— Vous avez certainement entendu parler dans les journaux d'un homme qu'on a retrouvé noyé dans le Rhône, quai de la Poste. Vous croyez vraiment qu'il a glissé sur une peau de banane et s'est noyé par pur hasard ? s'exclama la jeune femme qui prenait les devants et s'excitait de plus en plus.

— Mais pourquoi lui ? demanda le commandant Meyer, ce n'était pas un des résistants, comme Valette d'Osia.

— Sous son anonymat bien helvétique, ce Français d'origine était celui qui gérait tous les flux financiers en provenance de

Londres pour la Résistance à Genève et l'aide aux divers services de renseignement alliés et bien entendu, le MI6 !

— Pourquoi pas ? lança Kurt Meyer. Mais cela nous rapporte quoi ? Le financement va continuer avec un autre banquier.

— Certainement, répondit Raoul Cevey. Cependant, tous ces comploteurs ne peuvent pas rester impunis. Il fallait bien qu'on agisse. Par ailleurs, je vous rappelle que c'est en droite ligne de ce que le commandant Barbie nous a assigné à tous !

— Vous n'avez pas peur de leur avoir envoyé un signal trop clair qui aboutira à ce qu'ils se cachent encore plus ? demanda le commandant Lottmann.

— Premièrement, je n'ai vu nulle part d'information faisant état du fait que le noyé ait été assassiné. Seuls Raoul et moi, jusqu'à présent, savons qu'un stylet lui a été enfoncé dans le cœur, provoquant une hémorragie et sa chute dans le Rhône.

Les autres la regardaient avec stupéfaction, se demandant si sous cette femme aux charmes indéniables ne se cachait pas une tueuse hors pair.

Elle poursuivait, fière de ses actes.

— Deuxièmement, on ne fait pas d'omelette sans casser des œufs ! Si, comme le commandant Barbie nous l'a demandé, nous devons débusquer les résistants à Genève et les neutraliser, ce qui est en accord avec la devise de la Suisse, on doit bien commencer par éliminer un de ces pestiférés. Il est évident que les autres prendront peur. En revanche, Genève ne sera plus un refuge sûr et douillet. Chaque cible devra bien protéger ses arrières, et déjà ce sera une victoire pour l'ordre nouveau. Ensuite, on continuera à les éliminer un par un. Je suis sûre que personne, du côté de nos ennemis, ne sait qui nous sommes, ce que nous faisons et quand nous agissons. Gardez votre calme, laissez Raoul et moi gérer ces affaires et vous verrez ! acheva Suzanne Cevey qui semblait encore plus virulente que son mari.

— Et vous ? s'inquiéta Lottmann.

— Personne ne me connaît. Je passe incognito la frontière sans encombre, à l'aller grâce à vous, au retour grâce à mes papiers suisses. Aucun souci de ce côté.

Kurt Meyer et Lottmann ne réagirent pas, mais au fond d'eux un grand doute subsistait. Ils savaient en tant que tortionnaires en chefs qu'il n'y avait jamais aucun souci, mais qu'il fallait toujours rester vigilant.

vous verrez [illegible] l'exemple [illegible] qui [illegible]blait encore plus violente que son mari.

— Encore [illegible]

— [illegible]

[illegible]

— [illegible]

[illegible]

[illegible]

25

Hannah Leibowitz et Victor Farrell s'étaient donné rendez-vous devant le consulat de Grande-Bretagne.

Au moment où le premier garde du corps du vice-consul ouvrait la porte afin de vérifier les environs, la cheffe des Espionnes arrivait comme d'habitude en chevauchant sa bicyclette.

Remarquant qui sortait, elle en profita pour entrer et déposer son engin dans la petite cour intérieure.

Victor Farrell recula pour l'attendre dans le vestibule, à l'abri des regards.

Hannah ne mit pas beaucoup de temps pour le rejoindre.

— Merci de m'avoir attendu, j'avais une minute de retard.

— Je m'en serai remis, vous savez, remarqua le Britannique en souriant.

— J'espère pour vous, rétorqua-t-elle sans perdre de son assurance.

— Bon, allons-y, fit-il à l'intention de ses gardes du corps.

Les quatre hommes qui l'escortaient se mirent en ordre de marche, deux devant Hannah et Victor, pour s'assurer qu'aucun danger n'arrivait, et deux derrière pour assurer leurs arrières.

— Je suis content de vous voir, j'avais besoin de vous transmettre certaines informations et d'avoir votre avis.

— Mon cher Victor, j'en suis ravie, moi aussi j'ai des nouvelles qui devraient vous plaire.

— Dans ce cas, je vous cède ma place.

Tous deux avaient décidé de changer leur lieu de rendez-vous et de marcher tranquillement à une heure de peu d'affluence, ce qui permettait de mieux distinguer le moindre danger. En sortant de l'immeuble, ils avaient pris sur leur droite et ils bifurquèrent ensuite à gauche en traversant le pont du Mont-blanc.

— Vous n'en croirez pas vos oreilles si je vous dis que Ruth et Sevan se sont revues !

— Sans blague ? Ruth m'a laissé un message, et je dois la voir tout prochainement, mais je n'en sais pas plus.

— Ne faites pas l'innocent, Victor ! Les filles savent très bien que vous êtes derrière tout ça et que, devant Valette d'Osia et Groussard, elles seraient obligées de se parler d'une manière ou d'une autre.

Il esquissa un sourire de satisfaction en guise de réponse.

— Et alors ? Pas de pugilat ? s'enquit-il.

— Du peu que Sevan m'a raconté, ça a failli mal tourner. Le ton est monté, puis face à la situation et en vraies Espionnes, elles ont, semble-t-il, réalisé que leur intérêt commun consistait à écouter le cas qui intéressait l'autre. Je ne dirais pas que c'est l'amour fou, mais elles ont réussi à se retrouver face à face sans se casser la figure, ce qui était tout à fait envisageable.

— C'est déjà une étape de franchie, fit le maître-espion.

— En effet, même si c'est le docteur Farrell qui s'en est chargé au forceps.

Son voisin fit mine de ne rien entendre.

— Alors, mon cher Victor, pourquoi aviez-vous besoin de me voir aussi urgemment ? demanda Hannah.

— Pour ce que vous venez de m'exposer, qui est en effet, une excellente nouvelle, même si la partie n'est pas gagnée. Au moins, les choses vont dans le bon sens. En réalité, c'est tout autre chose qui m'amène, et j'ai besoin de votre avis.

— Je vous écoute.

— Figurez-vous que récemment j'ai rencontré plusieurs de mes confrères à Berne. Gaston Pourchot, que vous connaissez bien, avait besoin de me raconter ce qui venait de se passer en Alsace et qui lui paraissait grave et inquiétant.

Le Britannique se lança dans un récit reprenant la totalité de ce qu'il avait mémorisé de sa discussion avec l'attaché militaire adjoint français.

— Si l'arrestation de deux rouages importants de la Résistance alsacienne pose certains problèmes, il semble que Pourchot et les divers responsables prennent les choses en main comme il faut. En revanche, le fait que la jeune Emma Jenny et son amoureux Henri Winter, frère du chef des GMA de Mulhouse, n'aient donné aucune nouvelle depuis plusieurs jours maintenant inquiète qui de droit. Gaston pense que c'est du ressort des Espionnes. Qu'en pensez-vous ?

— Rien, je découvre tout ça aujourd'hui, d'autant que l'Alsace, totalement annexée, n'a jamais fait partie de mes attributions. Et vous, à quoi pensez-vous ?

— Quand un allié appelle au secours, je ne le laisse pas tomber.

— Je partage votre avis, mais on fait quoi, et comment ?

— En vous invitant à en discuter, je me disais que ce serait bien qu'on envoie quelqu'un essayer de comprendre ce qu'il s'y passe en utilisant nos réseaux et nos passeurs, comme la sœur d'Emma, Jeanne Jenny.

— Je suis d'accord sur le principe, mais qui ?

— Bâle étant en Suisse allemande, et les Alsaciens parlant un dialecte assez proche du *Schwizerdütsch* et de l'allemand, je me suis dit…

— Que notre artiste peintre de Lucerne, qui vit à Genève, serait la bonne personne.

— Affirmatif ! répondit le vice-consul.

— Dans ce cas, j'en parle à Katharina Huwiler très bientôt.

— Sa mission consistera à s'informer sur la disparition des deux tourtereaux, et surtout pas à combattre, cependant, je serais d'avis qu'elle soit accompagnée d'Antonina, si elle n'est pas déjà sur une autre opération.

— *A priori*, je n'y vois aucun inconvénient, et vu le nombre de soldats allemands au mètre carré en Alsace, avoir quelqu'un de débrouillard et, semble-t-il, de redoutable au combat, peut représenter une forme d'assurance pour notre aquarelliste.

— Faites comme cela, Hannah, et tenez-moi informé.

Arrivés au bout de la rue du Rhône, au niveau du quartier des banques, ils opérèrent un demi-tour.

26

Le lendemain, Victor Farrell rejoignait son café de prédilection, place du Molard.

Il percuta presque Ruth. Elle était toujours aussi maigre, et les traits tirés, mais elle lui adressa un sourire en prenant conscience qu'elle était sur le point de bousculer le vice-consul de Grande-Bretagne.

— Désolée, je ne vous ai pas vu ! s'exclama-t-elle.

— *Don't worry*, répondit le diplomate. Suivez-moi.

Tous deux s'installèrent au même endroit que la fois précédente. L'un commanda un verre de vin blanc et l'autre un chocolat chaud.

— Alors, Ruth, comment se passe votre enquête ? Avez-vous avancé ?

— Je dirais que oui, grâce à vous et à votre conseil de rencontrer le colonel Valette d'Osia. Il nous a appris des éléments des plus intéressants. En même temps, Victor, c'était un sacré coup tordu pour Sevan et moi, non ?

— J'accepte le qualificatif. Cependant, j'ai cru comprendre qu'aucune des deux n'avait fini aux urgences des hôpitaux universitaires de Genève, c'est déjà un sacré progrès, non ?

— On peut voir ça comme ça, en effet. Je ne veux pas pour autant changer mon fusil d'épaule et reprendre mon activité avec Sevan. Pour le moment, j'ai la mission que vous m'avez confiée et je suis loin d'en avoir fini. À l'heure actuelle, cela me convient parfaitement.

— Pour moi, il n'y a aucun souci. Je pense juste que, si vous restez membre des Espionnes, il serait préférable d'entretenir un minimum d'harmonie entre vous. Je vous remercie d'y penser.

— On verra ! Je pense que c'est faisable, mais cela n'inclut pas l'obligation de travailler ensemble pour autant.

Le Britannique se contenta d'un simple sourire d'approbation. *Tout vient à point à qui sait attendre*, se dit-il.

— Pour revenir à mon affaire, il y a deux sujets importants dont nous devons discuter, exposa l'espionne.

— Je vous écoute, fit le maître-espion, concentré et ravi de remarquer combien la jeune femme semblait retrouver toute son acuité.

— Avant d'aller plus loin, j'aimerais avoir une idée de toutes les cibles potentielles majeures, car, pour le moment, je me sens perdue, comme une aiguille dans une meule de foin. En clair, je ne sais ni où aller ni comment m'organiser.

— C'est assez logique. Je vous dresserai ce jour une liste précise. Cependant, je peux d'ores et déjà vous indiquer des pistes importantes.

— Je note immédiatement, fit l'espionne saisissant un bloc-notes.

— Déjà, vous avez tous les responsables des consulats alliés, les Français, les Polonais, les Néerlandais et les...

— Anglais, comme vous !

— Affirmatif. Ensuite, les hommes des MUR, comme Groussard ou Davet. Enfin, les Suisses qui aident la

Résistance : Marcel Durupty, Paul Frossard de Saugy, Régine Reynier, et l'abbé Desclouds, par exemple. Ma liste n'est pas exhaustive, bien entendu.

— Peut-être, mais cela fait pas mal de monde, et je suis seule.

— Ils sont tous informés des dangers, remarqua le Britannique.

— Il n'empêche que pour choper les salopards qui semblent vouloir toucher la Résistance et ses soutiens, je risque d'être à Champel quand ils frapperont au pont du Mont-blanc. Il me faut des renforts. Verriez-vous un obstacle à ce que je demande à notre espionne de Satigny, Adèle Fontaine, si elle peut m'aider sur ce coup-là ?

— Ce serait une bonne idée. Cependant, il me semblait qu'elle souhaitait rester en retrait et s'occuper de sa fille.

— Ce n'est pas la même chose de partir en mission dangereuse en France et de rester ici en ouvrant les yeux et en m'aidant à organiser un service de contre-espionnage. Les Contre-Espionnes ! lança-t-elle avec humour.

— Je n'avais pas vu ça comme ça, mais, pourquoi pas ? Allez-y et tenez-moi au courant.

— Bien sûr ! Pour revenir au colonel Valette d'Osia, il m'a fourni un renseignement des plus intéressants dont il m'a conseillé de discuter avec l'abbé Desclouds. Vous pouvez m'arranger un truc avec lui ?

— Bien entendu. Je vous ferai passer un message par boîte aux lettres morte.

— Parfait. Alors, j'y vais. Merci pour cette mission qui me convient très bien.

— Tant mieux, bonne journée, Ruth.

Elle se leva et quitta les lieux.

27

Après avoir rencontré le colonel Valette d'Osia, qui lui avait donné son avis sur son projet, Sevan Churuckian avait poursuivi sa quête d'information en Haute-Savoie, du nord au sud et d'est en ouest.

Finalement, convaincue d'avoir rassemblé les preuves nécessaires, elle demanda à Victor Farrell de la faire conduire en avion de Bletterans, dans le Jura français, à Londres.

Deux jours plus tard, le Lysander de Hugh Verity se présentait au début de la nuit et prenait en charge la charmante et indomptable Sevan Churuckian.

Après un atterrissage sans encombre à Tangmere, une voiture du SOE la mena jusqu'à Baker Street. Elle vola quelques heures de sommeil, puis se présenta au siège du SOE où Buckmaster et ses officiers l'attendaient, impatients.

— Alors, commandant, que nous vaut votre visite impromptue ? lança le colonel abruptement.

— Je sais que vous avez envoyé Heslop et Rosenthal vérifier si la résistance en Haute-Savoie était digne de recevoir des armes et des soutiens pour la lutte armée.

— En effet. Et alors, quoi de plus ?

— Concernant la résistance, les connaissant bien, je n'ai aucun doute. Mais franchement, vos vols dans l'Ain à deux cents kilomètres de la Haute-Savoie, c'est compliqué.

— Peut-être, mais au moins ça fonctionne.

— J'ai fait ma petite enquête et il en résulte qu'on peut faire approcher les avions du lieu des opérations de Haute-Savoie. Il y a un terrain agricole de mille mètres de longueur, non cultivé et qui, tondu, correspondrait aux besoins de nos pilotes. J'en ai parlé au chef d'escadrille de la RAF 161.

— Pourquoi pas ? Et où se trouve-t-il ?

— À Ville-la-Grand, à proximité de la frontière suisse et au nord de la Haute-Savoie. À défaut, il y a aussi Megève et, en cas d'urgence, le col des Moises, à Habère-Poche, là où vous avez failli effectuer un parachutage il y a quelques semaines.

— Cher commandant, qu'attendez-vous de nous ?

— Votre feu vert !

— Mais à quoi, bon sang ? l'apostropha Buckmaster.

— J'aimerais faire un essai de pose et de décollage à Ville-la-Grand. Le paysan fauche déjà la parcelle ; il déteste les Allemands.

Les officiers britanniques en restèrent comme deux ronds de flanc, pris totalement au dépourvu par quelqu'un qu'on ne pouvait éconduire tant son professionnalisme était reconnu.

Après quelques minutes pendant lesquelles Sevan Churuckian resta muette, chose rare, Buckmaster reprit la parole.

— *Qui ne tente rien n'a rien.* Alors, voyez avec Verity qui peut s'en charger, sachant que je préférerais garder notre chef d'escadrille en dehors de ça ; je ne voudrais pas le perdre.

— Et moi ? fit Sevan, un peu vexée de compter pour une demi-portion.

— Vous non plus, mais c'est vous qui avez voulu cet essai, et nous avons besoin du commandant Verity, cela peut se comprendre.

— Pour moi, il n'y a pas de problème. Je vais m'arranger avec votre chef d'escadrille, alors.

— Prenez soin de vous.

— Merci, colonel !

Ravie d'avoir obtenu ce qu'elle était venue chercher, Sevan Churuckian quitta cet aréopage des plus masculins, le sourire aux lèvres.

— Vous non plus, mais c'est vous qui avez voulu cet essai, et nous avons [illegible] commandant Verdi; cela peut se comprendre.

[illegible] prochaine [illegible] vais m'arranger [illegible] votre [illegible]

[illegible]

[illegible]

[illegible] Son [illegible] et [illegible] le sourire [illegible]

28

Après l'opération Gold, la jeune artiste suisse allemande s'était de nouveau consacrée à l'aquarelle et à l'enseignement à Genève.

Elle avait régulièrement rencontré les espionnes de la ville et le chef du MI6, mais avait toujours donné la priorité à ses activités artistiques et pédagogiques.

Les responsables, comme Hannah Leibowitz ou Victor Farrell, savaient où la trouver et qu'elle restait à leur disposition dans la mesure de ses moyens.

Quand l'espionne polonaise lui fixa un rendez-vous, elle s'y rendit volontiers, sans *a priori*, convaincue que si on voulait lui proposer une mission, c'était qu'elle en était parfaitement capable.

Les deux jeunes femmes se retrouvèrent dans un parc, non loin de Chêne-Bourg, à proximité de la frontière de Moillesullaz.

Hannah était venue seule, laissant Avram Junior à la garde de la fille aînée de son logeur, Armand Brunschwig, président de la communauté juive de Genève.

Comme d'habitude, elle appuya sa bicyclette contre le grillage et pénétra dans l'enceinte encore verdoyante.

La jeune Lucernoise, qui résidait dans le quartier, la rejoignit à pied, un sac à dos rempli de pinceaux et de carnets de notes.

— Bonjour, Hannah ! Ravie de te revoir. Cela faisait longtemps.

— Bonjour, Katharina. Je suis très heureuse moi aussi. En effet cela faisait quelques longues semaines.

— Je suis désolée si ma mission à Berne a abouti à ce que tu partes en Argentine. C'est à cause de moi que tu as failli...

— Laisse tomber, Katharina. Tu n'y es pour rien. Tu nous as transmis des informations cruciales, nous avons monté une opération à laquelle j'ai participé, et cela a failli mal tourner, en effet, mais c'est la vie, et je suis là.

— Tu me soulages, cela me pèse depuis que j'ai tout appris. Tu me dis pourquoi je suis là ?

— Avec plaisir. J'ai une mission de surveillance et d'enquête, pour laquelle tu me sembles la mieux placée.

— Vas-y !

Hannah expliqua brièvement ce qu'on lui avait transmis au sujet de l'arrestation de deux responsables de la résistance du Haut-Rhin et de la disparition d'Emma Jenny et d'Henri Winter.

— On nous a demandé si on pouvait les aider afin de savoir où étaient passés ces deux résistants et passeurs, et éventuellement de créer un pont avec la Résistance alsacienne, si elle en a besoin.

— Tu as pensé à moi à cause de la langue, j'imagine !

— En effet. Face aux Allemands, cela peut être utile, même chose pour les Bâlois ou les Alsaciens.

— En fait, je dois aller à Bâle pour discuter avec le réseau du consulat de France et cette Jeanne Jenny, c'est ça ?

— Pour le moment, oui. Nous devons d'abord évaluer la situation. Peut-être sont-ils rentrés, ce dont je doute, hélas. Si tu dois ensuite entrer en Alsace, on verra.

— Je pars maintenant ?

— Oui, mais pas seule.

— Ah bon ?

— Si tu n'y vois pas d'objection, j'aimerais que tu sois accompagnée d'un chaperon pour assurer ta sécurité en cas de problème.

— Ruth ?

— Ruth est sur une mission ici, Sevan est à Londres, mais Antonina, qui est le nouveau binôme de Sevan et vient de suivre une formation accélérée de commando, sera parfaite pour te protéger.

— Ça me va !

— Pendant ton trajet, je te conseille de passer par Fribourg et de rencontrer l'abbé Keller qui, selon mes informations, est l'aumônier des Alsaciens au camp de Mogelsberg. Et à Berne, tu peux aussi rencontrer Gaston Pourchot, du 5e bureau de l'armée française à la légation.

— Dans ce cas, je pars demain, le temps de m'organiser.

— Fais attention, il y a des méchants.

— Promis.

— Je préviens Antonina, et vous vous débrouillez.

— D'accord !

Elles se quittèrent ainsi.

29

En ce dimanche matin, Ruth Jacob emprunta les trolleys pour rejoindre Thônex, à proximité immédiate de la douane de Moillesullaz. Arrivée au point de passage et dernier arrêt genevois, elle descendit et, comme le lui avait indiqué Victor Farrell, rejoignit une rue qui menait à l'église.

Au moment où elle apercevait la flèche de l'édifice, elle remarqua des gens qui sortaient et se massaient sur le parvis.

« Ouf ! J'arrive pile-poil à la fin de l'office ! » se dit-elle.

Son regard fut attiré par une force de la nature vêtue d'une chasuble sur des habits noirs. L'homme mesurait bien une à deux têtes de plus que ses paroissiens et pesait largement son quintal. Ruth n'aurait pu manquer l'abbé Desclouds.

Malgré ses dimensions hors norme qui auraient pu effrayer, l'homme était connu pour être la gentillesse personnifiée pourvue d'un caractère certain. Ses paroissiens ne juraient que par lui. Juste à ses côtés, un jeune homme d'une petite vingtaine d'années le suivait comme son ombre.

Petit à petit, après de longues salutations entre le prêtre et ses ouailles, le parvis se vida. Il ne resta plus que l'abbé Desclouds, son acolyte et Ruth qui s'était rapprochée.

— Bonjour, fit le géant d'un ton aimable en tendant une paluche d'ours. Vous êtes la messagère que Victor m'envoie ?

— Oui, répondit-elle avec l'appréhension de devoir s'exprimer devant un inconnu.

Le père Desclouds remarqua qu'elle le dévisageait et vint à sa rescousse.

— Vous pouvez parler en toute liberté devant Gilbert. C'est mon ancien enfant de chœur. Il continue de m'aider pour la messe et pour...

— Les passages, le coupa l'espionne qui venait de faire le lien avec un certain Gilbert Ceffa, passeur attitré du général de Bénouville et d'autres.

— Exactement, répondit l'abbé.

Ruth tendit la main pour saluer le jeune homme des plus discrets.

Desclouds reprit la parole :

— Ce n'est pas le tout, mais j'ai faim ! Allons au presbytère, Gilbert tu restes manger, et vous aussi. Comme ça, on parlera boutique, et vous pourrez m'expliquer ce qui vous amène.

L'abbé, habitué à ce qu'on lui obéisse, avait déjà pris le chemin du presbytère qui se trouvait à deux ou trois cents mètres en contrebas, plantant les deux autres avec ses grandes enjambées.

— Dépêchons-nous, fit Ruth avec un sourire à l'intention de Gilbert Ceffa, il va nous larguer.

— Ne vous inquiétez pas, je sais où c'est, répliqua le jeune homme avec des yeux pleins de malice.

— Oui, c'est vrai.

Deux minutes plus tard, tous trois se retrouvaient dans le domicile du prêtre où des odeurs succulentes leur caressaient les narines.

— Humm, Simone, que ça sent bon, s'exclama le maître des lieux, gourmand comme pas deux. Allez, tous à table ! Un petit bénédicité, et on mange.

Il fut fait comme annoncé, et la gouvernante servit tous les convives.

Malgré la guerre, les paroissiens se débrouillaient pour que leur abbé ne manque de rien, et les fermes genevoises recelaient de mille trésors culinaires, à commencer par un vin blanc gouleyant à souhait.

Ruth fut impressionnée par le coup de fourchette des plus intenses et rythmés du curé qui montrait un appétit d'ogre.

Elle avait peu faim, mais le côté bon vivant de l'homme lui plaisait. Petit à petit, elle aussi enfourna des bouchées. Il fallait reconnaître que la gouvernante savait y faire.

Après avoir englouti le contenu de son assiette, l'abbé Desclouds releva enfin la tête, s'essuya les lèvres d'un coup de serviette, saisit son verre et but une lampée de gamay qui, visiblement, lui plut, puis se tourna vers son invitée :

— Alors comme ça, mademoiselle, ce brave Victor vous envoie chez le curé de Thônex ! En quoi puis-je vous aider ?

Pendant ce temps, tout en mangeant calmement, Gilbert Ceffa gardait les yeux et les oreilles grands ouverts et ne perdait rien de cet échange.

— Vous savez sûrement que monsieur Paul Mallet, banquier de son état, a été retrouvé dans le Rhône en aval du pont du Mont-Blanc.

— Et qu'il a certainement été assassiné, si mes sources genevoises et britanniques sont fiables, compléta l'ecclésiastique.

— Certainement. Victor Farrell craint que cela ne soit que le début et que les Allemands arrivés à Annemasse en septembre ne désirent qu'une chose : s'en prendre aux têtes pensantes de l'espionnage allié ou de la Résistance en Suisse.

— C'est assez cohérent. Mais en quoi je peux vous aider là-dessus ? demanda-t-il, perplexe.

— J'y arrive. Le colonel Jean Valette d'Osia nous a récemment appris que, parmi ses tortionnaires à l'hôtel Pax, il y avait un homme et une femme qui se faisaient passer pour un traducteur et une assistante. Selon lui, ils avaient un accent romand prononcé.

— Non ! s'exclama le curé, incrédule. Il y aurait chez eux des salopards de chez nous ?

— Il semblerait. La question qui nous taraude depuis les confessions du colonel, c'est : est-ce qu'il y aurait un lien entre la mort de Paul Mallet et cette révélation ? Comme vous résidez à quelques encablures de la douane, et que vous avez vos contacts privilégiés, vous pourriez peut-être vous renseigner sur qui passe régulièrement le poste-frontière dans les deux sens.

— Je suis sûr que si c'est le cas, mon ami et contact, Lucien Mas, en est informé. Il suffit de le rencontrer et de lui poser la question.

— Ce serait parfait, répondit l'espionne. Vous y irez quand ?

— Finissons déjà ce merveilleux repas que le Seigneur, par le bras armé de Simone, nous a concocté. Ensuite, je propose une promenade digestive, cela vous convient ?

— C'est parfait. Personne ne m'attend.

— Gilbert, tu viens avec nous ?

— Pas cette fois, mon père. Je vais rentrer chez mes parents, mais la prochaine fois avec plaisir.

Le géant engloutit une énorme part de gâteau à la crème et se servit encore une gorgée de gamay.

Ragaillardi, il se leva, alla se laver les mains et, revenant dans la salle à manger, se tourna vers Ruth.

— On y va ?

30

Comme convenu la veille, Katharina Huwiler et Antonina Macaione se retrouvèrent à la gare de Cornavin à 9h.

Toutes deux étaient rentrées dans le réseau des Espionnes du Salève lors de l'opération Gold et se connaissaient à peine. Depuis leur retour, elles s'étaient peut-être croisées une fois en présence d'Hannah.

Cette dernière avait rassuré la Lucernoise en lui confirmant le niveau de commando de l'Italienne, acquis et confirmé auprès du 1er SAS en Angleterre.

Elles se retrouvèrent sous le panneau d'indication des départs et s'embrassèrent.

— Salut, Antonina. Alors, on va travailler en binôme ?

— *Ciao,* Katharina. Ouais, je crois bien. Normalement je devrais me trouver avec Sevan, ma nouvelle coéquipière, mais elle mène une opération en solo, donc Hannah m'a demandé de couvrir tes arrières si un méchant t'en voulait.

— C'est vrai qu'en dehors de mes pinceaux, je ne suis pas certaine de savoir manier grand-chose. Je suis heureuse que tu sois là, même si normalement mon rôle est de collecter des informations et de les transmettre.

— C’est ce qu’ont fait nombre d’espionnes de la résistance française et italienne avant de partir vers les camps de la mort. Donc, je comprends Hannah et sa défiance envers les espions allemands ou leurs sympathisants.

— Oui, en effet. Ce sera plus agréable à deux, de toute façon, compléta la jeune Suisse allemande. Bon, faut y aller, le train part dans huit minutes quai 2.

— C’est parti, répliqua l’Italienne en chargeant son sac de voyage sur son dos.

Le train était moyennement rempli et elles trouvèrent facilement deux places assises côte à côte.

Une heure et demie plus tard, elles descendirent à la gare de Fribourg, leur première étape importante.

Sortant de la gare du côté de la route des Arsenaux, elles se trouvèrent sur la place où un ecclésiastique accompagné de deux hommes les repéra et les rattrapa.

— Bonjour, je pense que vous êtes ces dames de Genève que nos divers contacts à Lausanne, Berne et Bâle nous envoient ? Je suis le père Keller.

— Ravie de vous rencontrer, mon père, fit Katharina, catholique elle-même comme bon nombre de ses compatriotes du canton de Lucerne. Voici ma collègue Antonina.

— Suivez-nous au café d’à côté, je vous présenterai ces messieurs et je pourrai vous apporter les informations qui vous manquent, je l’espère.

Le groupe marcha quelques mètres et entra dans un café des plus banals. Ils commandèrent une boisson chaude.

Le père Keller expliqua que l’un de ses coreligionnaires était son adjoint, Édouard Brun, et l’autre, son secrétaire, François Pfister. Tous trois étaient français. En tant que prêtre, il était l’aumônier attitré des camps de réfugiés militaires sur le sol suisse, dont celui de Mogelsberg, qui regroupait des hommes s'entraînant au combat sous les yeux fermés de l'armée helvétique et du commandant von Allmen.

À la tête du GMA suisse, il y avait Ernest-Charles Georges, officier du 5e bureau et fils du général français du même patronyme. Il agissait comme espion en Suisse depuis déjà un long moment, notamment à Lausanne avec le chef d'antenne du 5e bureau, le professeur Jean Fleury enseignant à l'université de la même ville. Le commandant Georges avait voulu entrer en Suisse en août, mais les autorités lui avaient refusé l'entrée du territoire pour marquer le coup en raison de ses activités passées.

— Le dernier maillon du GMA suisse est Julien Dungler, frère de Paul, notre fondateur, qui gère les relations transfrontalières et les contacts avec divers personnages en Suisse.

— Si je vous suis, fit Katharina qui l'avait écouté bien attentivement, l'arrestation de monsieur Ortlieb et de l'abbé Stamm est une catastrophe !

— Oui et non ! Oui humainement, car les savoir certainement en partance pour un camp d'extermination est une mauvaise nouvelle. D'autant qu'avec leur pedigree, leurs chances de réchapper à la mort sont très faibles. Et non, parce que depuis la création de la 7e colonne d'Alsace puis de son bras armé, le GMA, tout a toujours été organisé professionnellement et totalement compartimenté. Je ne suis plus en Alsace depuis un certain temps, mais j'imagine que Kibler et Winter ont pris les mesures de sécurité qui s'imposaient dès l'annonce du coup de filet des Boches. Je n'ai pas l'impression que d'autres membres aient été poursuivis et arrêtés depuis, ce qui signifie que nos deux amis n'ont pas parlé et que l'étanchéité des cellules tient.

— Et pour Henri et Emma ? osa l'Italienne.

— C'est la grande question. Si le frère du chef du GMA de Mulhouse, Paul Winter, a été arrêté avec une de nos meilleures passeuses, c'est très inquiétant. Mais je ne sais rien de plus. Tout est possible. De mon point de vue, seule une enquête auprès des réseaux GMA de Mulhouse vous permettra de savoir s'ils sont en prison, s'ils se cachent, ou Dieu sait quoi encore.

— Je ne veux pas sembler insister, mais j'aimerais juste m'assurer d'avoir bien tout compris. Vous suggérez d'ores et déjà qu'on devrait passer la frontière et remonter jusqu'à l'origine des faits, quels qu'ils soient.

— Pour une Suisse allemande qui parle remarquablement le français, vous comprenez vite, lança l'ecclésiastique, non sans humour.

— De la part d'un Alsacien de curé, je prends ça pour un compliment, rétorqua la jeune Lucernoise, au plus grand plaisir de ses voisins. Je vous remercie de toutes ces informations. Nous reprenons le train dans une trentaine de minutes pour rejoindre Berne où nous devons effectuer un changement pour Bâle. Là-bas, nous cueillerons Julien Dungler à la sortie de son consulat.

— Bonne route !

31

Alors que le temps s'était rafraîchi, en ce dimanche de début octobre 1943, c'est en soutane que le père Gaston Desclouds remonta la rue vers la frontière, suivi de l'espionne de Paris.

Quelques minutes plus tard, légèrement essoufflé à l'issue de la montée, il prit sur sa droite et arriva à la hauteur du poste-frontière helvétique.

Aussitôt les garde-frontières suisses le reconnurent et le saluèrent.

— Bonjour, monsieur le curé. Comment allez-vous ?

— Ma foi, fort bien pour un dimanche après un délicieux repas ! Et vous, mon cher Robert ?

— Comme un dimanche. De toute façon, quel que soit le jour on doit surveiller, mais y a peu de passage, si vous voyez ce que je veux dire, fit le douanier en lançant un regard vers la France et les barrières.

— Oui, en effet. Vous avez aperçu Lucien ?

— Oui, il est de piquet lui aussi, aujourd'hui.

— Ça vous ennuie si mademoiselle et moi allons jusqu'à la barrière dire bonjour à monsieur Mas ? On ne va pas rester longtemps.

— Pas le moins du monde, mais je vous déconseille de rentrer en France voisine, vous n'êtes pas sûrs d'en ressortir, avec la Gestapo et tous ces Waffen SS.

— Je veux bien le croire, répondit le curé, qui, de là où il était, discernait les casques bien particuliers des soldats allemands, pistolet-mitrailleur MP40 pointé et prêt à l'emploi.

— Merci, Robert. On y va et on revient dans une quinzaine de minutes.

— Je serai toujours là, m'sieur le curé !

Le géant en soutane s'avança calmement vers les barrières renforcées, suivi d'une Ruth des plus mal à l'aise. En tant que Juive de Paris, dont les parents avaient certainement été gazés récemment par les Allemands, se trouver face à la Waffen SS s'avérait compliqué.

Le prêtre s'en rendit compte et ralentit sa marche.

— Ne vous inquiétez pas, on est sur le sol helvétique, ils ne peuvent absolument rien nous faire, d'accord ?

— Je vous crois, mais ce sont des gens comme ça qui ont envoyé mes parents à Auschwitz.

— Allez, on va papoter deux minutes avec Lucien Mas, le chef...

— Je sais qui il est, le coupa l'Espionne, plus pète-sec qu'elle ne l'aurait voulu.

Au même moment, la personne qu'ils cherchaient sortit du bureau des douanes françaises. Il se tourna vers la Suisse et, reconnaissant son ami l'abbé à sa soutane noire, lui sourit et le rejoignit à la barrière, non sans être légèrement bousculé par le SS de faction, qui n'entendait pas laisser passer quelqu'un.

Lucien Mas, toujours chef du poste-frontière malgré ses activités de résistant de la première heure, n'appréciait guère ce genre d'attitude. Il poussa le canon du MP40 et se retrouva au plus près du territoire suisse.

— Qu'est-ce qu'ils peuvent me les casser ceux-là, nom d'un chien ! Vivement qu'ils rentrent chez eux pour de bon ! s'exclama le douanier, exaspéré.

— T'as pas peur qu'il comprenne ?

— Il ne comprend rien d'autre que le schleuh, non, on est libre de dire ce qu'on veut. Mais dis-moi, que t'arrive-t-il pour que je te voie ici un dimanche ?

Gaston Desclouds résuma l'hypothèse émise par le supérieur hiérarchique de l'AS Haute-Savoie, le colonel Valette d'Osia.

— Si le colon, qui est bien planqué maintenant, a entendu des accents de chez moi pendant des interrogatoires, mis à part que je les étranglerais volontiers de mes propres mains, je me suis dit que tu les avais certainement vu passer.

— D'abord, un curé ne doit pas faire des choses comme ça, fit Lucien Mas, tout sourire, en se moquant amicalement de son vis-à-vis. En revanche, je peux t'aider !

— Ah oui ? ne put s'empêcher de s'exclamer Ruth.

Lucien Mas n'avait rien dit sur elle. Il aidait suffisamment les Espionnes – dont le fameux binôme qui devait passer en France pour certaines missions – pour savoir qui elle était.

— Comme vous le voyez, pour entrer ici, il faut montrer patte blanche, sinon vous n'êtes même pas renvoyé, mais arrêté et jeté en prison au Pax avec un aller simple pour un camp. Les gens munis de laissez-passer ne sont pas légion. Il y a un couple avec des plaques vaudoises qui vient très souvent. Dès qu'ils se présentent avec leur VW, la Gestapo les laisse entrer. Il y a aussi un de tes compatriotes qui passe de temps à autre, mais il roule en traction immatriculée en France. Apparemment, il rentre chez vous comme dans un moulin, et chez nous, il a les mêmes papiers que les deux autres. Il a un accent bien suisse allemand.

— Tu ne connais pas leur nom ?

— Non ! Visiblement ils sont des proches de Barbie, Meyer et Lottmann, et donc, quand ils arrivent et tendent leur laissez-passer avec une certaine arrogance, on les laisse circuler.

— Merci, Lucien, tu nous confirmes ce que mademoiselle subodorait. Grâce à toi, on va pouvoir avancer un peu.

— C'était un réel plaisir. Si on peut entuber les Boches et leurs amis, ça me va !

— À bientôt pour boire un verre à la cure.

— Je n'y manquerai pas. Bon dimanche, père Gaston.

Le curé opéra un demi-tour en même temps que Ruth, soulagée de s'éloigner de la brute épaisse armée, qui l'effrayait totalement.

32

Après son entrevue avec Buckmaster et son cercle rapproché, Sevan Churuckian avait pris la route de Tangmere avec pour objectif de mettre son plan au point.

Pour cela il fallait malgré tout l'accord de principe du chef d'escadrille de la RAF 161, même si, dans les faits, il ne pouvait vraiment s'opposer à son patron au SOE.

La discussion aurait sûrement été plus aisée si Hugh Verity avait pu s'autodésigner pour piloter le Lysander devant emmener le commandant des Espionnes et tenter un atterrissage et redécollage à Ville-la-Grand.

La commandante utilisa tout son charme pour qu'il cesse de lui mettre des bâtons dans les roues et désigna son bras droit, Peter Sullivan.

— D'accord, il n'est pas aussi bon que moi... mais presque, fit-il en charriant amicalement l'intéressé.

Ce trait d'humour relâcha enfin la tension qui était devenue palpable et pénible.

Sevan sortit des cartes et les montra aux deux aviateurs. Forte de ce que les résistants du coin lui avaient expliqué, elle précisa les risques, les vents tournants, etc.

— En fait c'est le champ d'aviation parfait, et cela permet d'accéder à l'armée secrète de Haute-Savoie beaucoup plus facilement que depuis un aérodrome de fortune vers Bourg, Mâcon ou même Bletterans. Les gars pourront plus facilement se planquer.

— Et les Boches ?

— Un, ils ne connaissent pas le lieu, car les herbes y poussaient encore il n'y a pas longtemps. Deux, il n'a pas été utilisé comme terrain d'aviation. Trois, les Allemands sont présents à Annemasse, à trois, quatre kilomètres, mais ce n'est pas non plus un détachement militaire au plein sens du terme, c'est plutôt la Gestapo. Normalement, on ne risque pas grand-chose, voire rien ! finit l'Anglo-Arménienne.

— Ce coup-ci, je ne blague pas, c'est le pilote et le chef d'escadrille qui parle. Quand c'est trop lisse, comme ça, ça m'inquiète. Par principe, tout peut arriver, va savoir. Les autres terrains, on les a essayés de nombreuses fois, et les équipes au sol sont rôdées. Là, on ne connaît personne, ni Peter ni moi. Qui te prouve que tu ne seras pas trahie quand vous ferez votre tentative d'atterrissage et de décollage ?

— Je comprends tes réticences, Hugh, mais tu peux appliquer ça à tous les terrains. Qu'est-ce qui te garantit que le réseau qui nous fait atterrir à Pont-de-Vaux n'est pas infiltré et que, demain, on ne va pas se retrouver face à une division de panzers, prête à nous dégommer ?

— Je suis d'accord pour tenter la chose, mais cela ne m'empêchera pas de m'attendre à tout, observa Peter Sullivan.

— Si Peter dit qu'il y va, je m'incline, fit le chef d'escadrille. Soyez plus vigilants que jamais, et toi, Pete, assure-toi de bien atterrir. Sevan, regarde bien autour de toi, et soyez prêts à accélérer et à redécoller à tout moment.

Le lendemain en fin de journée, Sevan prit place derrière Peter Sullivan.

Après qu'elle se fut harnachée, il ferma sa bulle et, le moteur tournant déjà, il avança jusqu'à son point de départ.

Le Lysander se lança puis, après cinq cents mètres de course, s'éleva dans le ciel, fit une boucle et prit vers le sud-est en ligne droite, direction Genève.

Comme d'habitude, l'aéronef n'avait affronté aucun tir sol-air, et la cible n'était plus très éloignée.

— Sevan, on vole déjà bas, mais on va encore descendre un peu, tout doucement, on fera moins de bruit. On contourne Annemasse par le sud-ouest et on rejoint notre champ.

— D'accord. Dans combien de temps ?

— Je vois les lumières de Genève-Annemasse devant moi, donc, je dirais dans dix minutes. Ouvre bien les yeux.

— D'accord.

Peter Sullivan maîtrisait parfaitement sa machine et la mission. Le moteur ralentit, l'avion descendit et dépassa l'agglomération.

Il vira légèrement sur la gauche.

— Ça y est ! J'aperçois les feux de piste.

— Parfait, fit Sevan.

Le Lysander ralentissait de plus en plus et descendait encore.

Sevan distinguait très bien les feux délimitant le champ.

— Attention, on va se poser !

Le pilote venait à peine de finir sa phrase qu'un léger choc se fit sentir. Conscients qu'un danger pouvait toujours surgir de nulle part, Sevan et Peter ouvraient grands les yeux, analysant le moindre détail.

Tout à coup, le commando, dont le sixième sens était très développé, hurla !

— Accélère à fond, il y a un truc qui ne va pas, j'ai vu des ombres avec des casques et des pistolets-mitrailleurs.

La seule réponse qu'elle obtint fut le son du moteur à qui on demandait toute la puissance disponible.

L'avion bringuebalait sur le terrain agricole.

Ils n'étaient pas encore en bout de piste, prêts à redécoller, que le son de balles qui pénétraient dans la carlingue ne leur laissa aucun doute. On leur tirait dessus et on les avait atteints.

— Aaah ! fit le pilote.

— Peter, ça va ? s'inquiéta Ruth.

— Oui, mais j'ai pris une balle dans la jambe gauche. Faut qu'on reparte au plus vite d'ici.

L'avion devenait de plus en plus difficile à manier.

— Accroche-toi, ça va secouer fort, cria le pilote, maintenant son Lysander tant bien que mal. Soit prête à sauter si besoin. On est mal partis.

Comme toute réponse, elle lui tapa sur l'épaule. L'avion descendait de plus en plus, en vibrant dans tous les sens.

33

En fin d'après-midi, Katharina et Antonina débarquèrent sur le quai de la gare de Bâle, ravies d'être enfin arrivées.

Portant chacune leur sac de voyage, elles prirent le tram qui, une demi-heure plus tard, les relâcha à l'arrêt situé à deux cents mètres du consulat de France. Elles en gravirent les marches, alors que le factotum s'apprêtait à tirer la grille.

— On ferme, mesdames. Revenez demain !

— Certainement pas. On a rendez-vous !

— Sans blague ! rétorqua l'homme d'un ton ironique.

Katharina commença à perdre patience face à l'individu peu amène.

—Veuillez prévenir monsieur Dungler que son rendez-vous est arrivé. Si je ne le vois pas dans les cinq minutes, j'appelle la légation à Berne et le commandant Gaston Pourchot ! Est-ce clair ?

L'homme pâlit entendant ces noms et, en se rendant compte qu'il avait poussé le bouchon un peu loin, rouvrit la grille.

— Entrez et asseyez-vous. Je le préviens, leur dit-il, en la refermant sur elles.

Il saisit un téléphone :

— J'ai deux dames qui demandent à vous voir, monsieur le secrétaire.

— J'arrive.

Deux minutes plus tard, un jeune homme vêtu d'un costume descendait les escaliers pour entrer dans le grand hall.

Il s'avança vers les deux jeunes femmes qui se levèrent aussitôt. Il leur tendit une main chaleureuse.

— Bonjour, je suis Julien Dungler. Je suppose, d'après Victor Farrell et Gaston Pourchot, que vous êtes les envoyées spéciales de Genève ?

— Exactement. Je suis Katharina, et voici Antonina. Nous sommes là pour l'affaire dont vous avez parlé avec l'attaché militaire adjoint.

— Merci d'être venues aussi vite, même si maintenant cela fait plusieurs jours qu'Emma Jenny et Henri Winter ont disparu.

— Je n'ai appris tout cela qu'hier, et nous sommes parties ce matin. Nous avons fait au plus vite, répondit Katharina.

— Je ne vous faisais aucun reproche, au contraire, je vous remercie d'être ici. Montez dans mon bureau, nous y serons plus à l'aise.

Il grimpa assez vite les marches, suivi des deux espionnes. Ils gagnèrent un petit bureau qui jouxtait celui du consul, absent à ce moment-là.

Le secrétaire consulaire résuma ce qu'Hannah leur avait déjà raconté et ajouta :

— Je ne sais rien de plus depuis que Jeanne m'en a informé. La seule solution est d'aller sur place. Je connais la région, mais je suis assez visible, et surtout je ne suis pas rodé aux techniques de clandestinité. J'ai donc intimé à Jeanne de rester sur place le temps que vous arriviez.

Alors qu'ils discutaient, la sonnette retentit, au grand désarroi du portier gardien qui dut rouvrir encore une fois la grille.

« Décidément, ce jeune Dungler se croit tout permis, pour inviter des gens après les heures d'ouverture. » pensa-t-il.

Le gardien accompagna son hôte au premier étage et frappa à la porte entrebâillée.

– Entrez !

– Un autre rendez-vous pour vous, monsieur le secrétaire !

Le gardien s'effaça et redescendit avant de quitter les lieux au plus vite, afin d'éviter de devoir encore servir d'huissier.

– Entrez, commandant Hämmerli, merci d'être venu. Je vous présente deux des Espionnes du Salève, que nos amis Farrell et Pourchot nous envoient pour enquêter sur la disparition d'Henri Winter et de Jeanne Jenny.

Les trois individus se firent un signe de tête.

– Katharina, Antonina, le commandant appartient au SR suisse et a la charge de la région de Bâle pour recueillir des renseignements sur ce qui se passe en Alsace. Il sait tout sur les passages et l'arrivée de mes frères de combat alsaciens pour traquer les espions du IIIe Reich.

– Vous êtes assez flatteur, ce soir, cher Julien, fit le commandant. De fait, mon rôle est de surveiller les individus de tout poil qui pourraient semer le désordre et, selon les directives de mon supérieur Max Waibel et du général Guisan, de fermer les yeux quand des résistants viennent se réfugier chez nous avant de repartir lutter contre leur envahisseur. Vous comptez faire quoi dans l'affaire des jeunes Henri Winter et Jeanne Jenny ?

– Quand je réfléchis à tout ce que nous avons appris, je pense que la seule solution est celle suggérée par Julien Dungler : passer en Alsace et remonter les événements jusqu'à la disparition de nos deux tourtereaux, lança Katharina. Mais il faut d'abord qu'on en parle à Victor Farrell et Hannah Leibowitz, et qu'ils nous donnent leur accord.

— C'est assurément la meilleure et certainement la seule solution, d'autant plus qu'après les arrestations d'Ortlieb et de l'abbé Stamm, les GMA et la 7ᵉ colonne d'Alsace ont complètement aseptisé leurs cellules, qui étaient déjà très bien cloisonnées. Je n'ai pas entendu parler d'autres arrestations dans le Haut-Rhin ni dans le Bas-Rhin, preuve que les réseaux ne sont pas infiltrés et démantelés, confirma le commandant Hämmerli.

— Merci pour votre soutien, ajouta Katharina.

— Il n'empêche que la ville de Bâle est truffée d'espions allemands, l'Allemagne se trouvant à dix kilomètres seulement du centre-ville. Il y a certainement plus de quatre cents espions nazis qui rôdent. Si j'étais vous, je ferais très attention. J'espère déjà que l'on ne vous a pas repérées à la gare où ailleurs ; ils sont partout.

— Mais vous ne les arrêtez pas ? s'exclama Katharina, choquée par la passivité de la confédération que révélait l'un de ses gardiens.

— Ma chère compatriote, comme vous le savez, nous sommes neutres. Par ailleurs, nous sommes un pays microscopique en comparaison avec l'Allemagne ou la France. Si nous ne voulons pas être envahis comme les autres, sachant qu'on ne ferait pas le poids, on doit ménager la chèvre et le chou ! Ce n'est peut-être pas des plus élégants, mais cela reste très efficace. Nous laissons une certaine marge de manœuvre au IIIe Reich qui se sent soutenu. Dans le même temps, que ce soit ici avec les résistants alsaciens, et tout le long de la frontière avec la France, nous facilitons les passages, nous accueillons les combattants qui ont besoin de se cacher le temps de se refaire des papiers et une virginité. Nous les laissons rencontrer des gens comme Julien Dungler, Victor Farrell, Gaston Pourchot et bien d'autres. Tant que tout se fait discrètement, on n'a rien vu. Finalement, nous sommes tous gagnants. Quoi qu'il en soit, si le MI6 et la cheffe des Espionnes vous donnent le feu vert, je ferai ce que je pourrai, mais au-delà de la frontière, je suis impuissant. Ils sont terribles, faites attention.

— Merci pour ces conseils, fit Antonina qui jusque-là était restée silencieuse. On fera encore plus attention.

— Julien, on peut utiliser un émetteur-récepteur pour appeler le MI6 du quai Wilson ?

— Bien sûr, on a tout ici. Restez un peu, et notre homme radio va s'occuper de vous. Merci, commandant, d'être venu.

— Oui, Julien a raison, merci encore pour vos précieux conseils. Et si on nous demande de passer, Antonina et moi, nous ferons davantage attention.

— Mesdemoiselles, je ne suis pas un combattant, mais en tant que patriote et Alsacien, je ne vais pas vous laisser y aller seules, je pars avec vous. J'ai déjà posé des congés auprès du consul ce matin.

— Dans ce cas, ce sera avec plaisir. Mais il faudra changer de vêtements ! ironisa l'Italienne.

Tous rirent de bon cœur de son aplomb.

34

Après cet échange des plus fructueux avec Lucien Mas, le père Desclouds et Ruth opérèrent un demi-tour et rejoignirent la Suisse, à commencer par le poste des douanes.

– Si vous n'y voyez pas d'inconvénient, je souhaiterais discuter avec ces messieurs maintenant que nous avons eu certaines confirmations par Lucien Mas.

– Quant à moi, je retourne à la cure. Si vous avez besoin de moi, vous savez où me trouver. Robert, je te laisse causer avec la jeune dame, alors, un peu de respect et réponds à ses questions !

– Promis, monsieur l'abbé, répondit l'intéressé à l'homme en soutane, qui s'éloignait déjà de plusieurs mètres.

– Ce curé… Décidément, rien ne l'arrête ! reprit le garde-frontière. Alors, mademoiselle, en quoi pourrais-je bien vous être utile ?

– Pour être franche, j'ai appris récemment que certains citoyens helvétiques passaient souvent par ici, et il semblerait que, ces derniers temps, certains d'entre eux s'en prennent à des Français réfugiés à Genève, comme…

— ... des résistants, disons-le, la coupa l'homme d'âge mûr, qui connaissait assez l'abbé Desclouds pour avoir saisi à qui il s'adressait.

— Par exemple, en effet ! souligna Ruth

— Je vous ai vus avec Lucien Mas, alors, j'imagine que vous n'avez pas parlé du niveau des eaux du lac en ce moment, lança-t-il en lui adressant un clin d'œil complice.

— On peut dire ça comme ça, fit l'espionne dans un sourire.

— Lucien et moi nous nous connaissons depuis des années, et c'est un type bien. À sa place, si mon pays était envahi par qui que ce soit, je ferais tout pour leur nuire et les foutre dehors. Pour revenir à nos moutons, je ne sais pas ce qu'il vous a dit, mais vu vos propos et ma situation ici, je dirais que nous voyons lui et moi la même chose.

— J'imagine donc, dans la mesure où vous n'êtes pas bousculé par le trafic entre la Suisse et la France, que les voitures qui passent aisément d'un côté à l'autre aller et retour ne vous échappent pas ?

— Affirmatif. Depuis que Lucien Mas est suivi comme son ombre par un Waffen SS, que des fils de fer barbelés ont été disposés sur une partie de la ligne de démarcation des deux pays et que la barrière centrale a été mise en place, il faut vraiment que celui qui rentre en face ait des papiers en ordre.

— Ce sont certainement des pourris qui soutiennent le IIIe Reich et qui reviennent ici tranquillement.

— On peut le voir comme ça. Moi, je m'occupe de mon poste-frontière et j'applique la loi. Si ces gens ont des cartes d'identité helvétiques en ordre et qu'il n'y a aucune demande d'arrestation pour un quelconque délit, je les laisse passer. Cela ne m'empêche pas d'avoir mon opinion, et j'imagine bien ce que Lucien ou d'autres aimeraient leur faire, et je ne leur donnerai pas tort.

— Avez-vous une idée de l'identité de ces gens ?

— Ben oui ! Comment l'oublier ? Voir des compatriotes collaborer avec des charognards de la Gestapo contre mes voisins d'avant la guerre, il y a de quoi être furibard. J'exige leur permis de conduire et leurs papiers systématiquement. Comme ils sont, heureusement, rares à faire ça, je me souviens des deux principaux.

Ruth ne s'attendait pas à ça.

— Vous pouvez m'en dire plus sans trahir le secret professionnel ?

— Quel secret ? La voiture vaudoise est conduite par un Lausannois de naissance. Il m'a dit qu'il travaillait pour les bouillons cubes Maggi et que, malgré la guerre, son patron voulait qu'il se charge de la clientèle de Haute-Savoie. Le mensonge étant plus gros que le Léman, je n'ai pas réussi à le gober.

— En effet. Et l'autre ?

— C'est une voiture aux plaques françaises de la région lyonnaise, et l'homme porte un chapeau, il est aimable et discret. Une fois il m'a dit qu'il devait rencontrer des gens du SR suisse à Genève.

— Il s'appelle comment ?

— Gottlieb Fuchs. Un Suisse allemand par ici avec une voiture immatriculée à Lyon, ce n'est pas courant. Et son accent non plus.

Ruth avait fait un pas de géant grâce au chef des gardes-frontières, dont le sens de l'observation lui avait permis d'identifier ses ennemis.

Avant de le quitter, elle lui adressa une dernière requête.

— Merci pour ces renseignements si précieux. Vous arriveriez à me fournir des éléments sur leur physique, me dire à quoi ils ressemblent, tous les deux ?

— Vu le nombre de fois où ils sont venus, oui, j'y arriverai.

— Alors, je vous écoute, fit Ruth sortant un bloc-notes de son sac à dos.

Les descriptions durèrent un certain temps, et là encore le sens de l'observation du douanier permit d'établir une fiche signalétique des trois individus d'une haute précision.

Ce fut à ce moment-là, et alors que le trafic transfrontalier ressemblait à celui de tous les autres jours, c'est-à-dire morne, qu'une certaine agitation du côté d'Annemasse attira le regard du garde-frontière.

— Quand on parle du loup… fit-il.

Sa phrase s'évanouit dans le crissement des pneus du véhicule qui quittait le poste français.

La voiture avait accéléré un peu trop pour la distance d'à peine quarante mètres qui séparait les deux douanes, et le conducteur dut freiner, alors que le chef et son acolyte portaient la main à leur holster, prêts à réagir.

Comme il l'avait expliqué à l'espionne, qui était resté du côté suisse et évitait de s'intéresser à la scène, le garde-frontière exigea les documents officiels.

— Mes papiers, vous devez les connaître par cœur, non ?

— Je ne fais qu'appliquer le règlement. Je vous prie de me les soumettre.

Pendant ce temps, la passagère du véhicule ne cessait de scruter Ruth d'un air de chasseur, la mettant mal à l'aise.

Eu égard pour Lucien Mas et l'abbé Desclouds, et aussi parce qu'il n'avait rien eu à faire de la journée, le douanier prit tout son temps, et plus si c'était possible. Le conducteur, qui avait visiblement un peu trop bu, s'impatientait, mais cela ne le perturbait pas.

Finalement, après quinze minutes et un coup de téléphone pour vérifier la plaque d'immatriculation – ce qui ne servait à rien sauf à ennuyer ces odieux personnages – Robert annonça :

— Tout semble en règle.

Il tendit les documents à l'intéressé et celui-ci, exaspéré, les passa à sa voisine qui lui indiquait du doigt une frêle silhouette.

Raoul Cevey accéléra et tira volontairement sur le volant vers la droite pour foncer sur l'espionne.

— Attention ! hurla Robert, catastrophé.

Ruth ayant reculé à temps, le conducteur redressa son volant, ravi de son effet. La jeune femme s'en tirait par une sérieuse montée d'adrénaline.

— Je ne sais pas qui vous êtes précisément, hormis une protégée de l'abbé, mais ce que je sais, c'est que ces deux-là ne vous aiment pas ! Faites attention. J'ai eu la peur de ma vie !

— Moi aussi !

35

Malgré la douleur de sa blessure à la jambe et un pilotage scabreux dû aux nombreux tirs qui avaient endommagé des parties vitales de son avion, Peter Sullivan gardait son calme. Ils se trouvaient pourtant en terrain totalement inconnu, coincés entre les Suisses à gauche et les Allemands à droite.

— On ne pourra jamais rentrer d'où on vient. Le mieux serait de se poser dans de meilleures conditions, on est déjà très bas et on a volé un certain temps vers l'est.

— Tu veux faire quoi ?

— Quoi qu'il arrive, je préfère la prison helvétique au peloton d'exécution allemand.

— Moi aussi !

— Accroche-toi, je vais laisser mon Lysander planer au-dessus de l'eau en visant la rive suisse. Une balle a dû transpercer le réservoir, la jauge est au plus bas. Avec un peu de chance, faute de carburant, l'avion va se poser en douceur sur l'eau. Prends le gilet de sauvetage sous ton siège, on n'aura pas beaucoup de temps avant que le Lysander coule.

— D'accord !

Peter passa sa main sous son propre siège et en sortit son gilet.

Il apercevait de plus en plus le miroitement de la lune sur le lac.

Le moteur, à court de carburant, toussait de plus en plus, et le nombre de ratés augmentait.

Finalement, l'hélice se figea.

— Amerrissage tout de suite...

Le choc l'empêcha d'achever sa phrase, l'engin rebondit une fois puis redescendit, légèrement penché. L'aile droite s'arracha, et l'avion s'immobilisa.

Toujours avec un grand sang-froid, Peter ouvrit la verrière tout en donnant des ordres à sa passagère.

— Défais ton harnais, saute dans l'eau et dès que tu peux enfile le gilet.

Consciente du danger, Sevan s'attendait à tout concernant la jambe blessée de son pilote. Elle ne répondit pas et s'exécuta.

L'eau la réveilla d'un coup, si tant est qu'elle ait somnolé. Elle resta à proximité du fuselage.

À son grand soulagement, elle vit la grande carcasse longiligne de Peter sauter à sa droite. Elle l'attrapa par le col.

— Ça va ?

— Ça caille ! Nom d'un chien.

— Met ton gilet et nageons, on ne peut plus rien pour le Lysander qui va couler. Comment va ta jambe ?

— Je ne sens plus grand-chose.

Leur seul salut résidant dans cette eau, elle se mit à nager lentement, tout en gardant un œil sur Peter dont le visage paraissait bien pâle.

À ce moment, ils perçurent un son métallique et se retournèrent, imaginant l'avion s'abîmant corps et bien.

— Le principal, c'est que nous soyons vivants. Et c'est grâce à toi. Il faut maintenant trouver une solution.

— Trouve la vite, je ne vais pas rentrer chez moi à la nage !

— Je veux bien te croire.

La lune éclairait encore assez bien le Léman. Sevan ralentit la cadence et essaya de se repérer. À sa gauche, au loin, elle distinguait des lumières qui devaient être celles de Lausanne, à droite d'autres appartenant à Thonon ou Évian.

« Bon, maintenant, peu importe ce qui nous arrive, il faut soigner Peter au plus vite ! » se dit l'espionne intérieurement.

— On va rejoindre la rive française, c'est la plus proche.

— Fait ce que tu veux, émit un filet de voix.

Alors que les craintes les plus folles assaillaient la combattante, le silence fut brisé par des sons qui attirèrent son attention.

Levant la tête, elle crut reconnaître la silhouette d'une barque.

« C'est l'hypothermie qui me joue des tours ! » se dit-elle.

Dans un sursaut de conscience ou d'inconscience, elle hurla de désespoir.

— AU SECOURS !

36

Après cet incident qui aurait pu très mal finir, Ruth reprenait ses esprits, aidée par le chef des gardes-frontières.

Elle était blanche comme un linceul, et son état général, même s'il s'était amélioré, restait fragile.

Après avoir bu une gorgée d'eau et retrouvé son souffle, elle décida de reprendre son chemin pour rentrer chez elle.

Elle qui pensait se trouver en totale sécurité depuis trois ans déjà avait vu cette certitude voler en éclats et se sentait plus vulnérable que jamais.

« Si Sevan, avec son caractère de m…, était là, je ne serais pas seule et elle me protégerait. » s'avoua-t-elle intérieurement.

À Moillesullaz, elle monta dans le tram qui la ramena vers le centre de Genève.

À l'arrêt Rives, elle en changerait pour en prendre un autre, puis un troisième, et elle serait non loin de son domicile.

Le regard dans le vague, tourné vers le paysage des rues genevoises, elle sentait monter un fort sentiment d'inquiétude. Ruth aurait été incapable de l'expliquer ou de le démontrer, mais elle était convaincue que rien n'était fini avec ces gens qui avaient voulu l'intimider.

Elle retrouvait ses réflexes de combattante clandestine.

Finalement, elle descendit à son arrêt de bus et longea les murs des immeubles, les yeux et les oreilles grands ouverts, tout en se concentrant. Le danger était là, tapi quelque part, rampant, elle en était convaincue.

Elle tourna dans sa rue moyennement éclairée, bien que suffisamment pour une espionne.

À ce moment-là, le son d'un véhicule qui accélérait et des pneus mal menés qui crissaient en prenant un virage trop rapidement lui confirmèrent que quelque chose d'anormal allait arriver.

Elle pressa le pas, se collant aux immeubles, quand une voiture allemande stoppa net devant elle en chevauchant le trottoir.

Une femme blonde décolorée sortit du côté passager et se planta devant Ruth, totalement abasourdie et momentanément désemparée.

— Mais c'est cette comploteuse qui fricote avec les ennemis du renouveau ! En plus tu peux être sûre que c'est une Juive. Elle a ce visage bien typique de ces moins-que-rien qui nous prennent tout !

Ruth garda le silence tout en se concentrant. Sans rien montrer de sa peur, elle rassemblait ses forces. Pour commencer, elle avait saisi les lanières de son sac à dos lesté d'une pierre qu'elle tenait de la main et serrait très fort.

« Sacrée Sevan, encore une fois, si je m'en sors ce coup-ci, ce sera grâce à toi ! » fit-elle intérieurement en pensant à celle qui lui avait enseigné cette astuce.

Ce fut alors que la femme, hargneuse et se croyant invincible parce que son corps faisait le double de celui de l'espionne, se rua sur Ruth.

Cette dernière repéra le stylet que Suzanne Cevey sortait de son sac avec comme dessein de l'utiliser contre elle.

Tout en évitant la charge de la furie aux cheveux mal teints, elle cria de toutes ses forces d'une voix stridente :

– AU SECOURS !

Suzanne Cevey poursuivit son attaque et releva son bras armé du stylet pour porter un coup fatal.

Bien trop sûre d'elle, elle ne vit pas la main de Ruth donner de l'élan à son sac qui aboutit sur son nez et l'écrasa.

La femme se mit à hurler alors que les lumières alentour commençaient à s'allumer et que son sang giclait sur son chemisier.

Des gens sortirent des immeubles.

– Qu'est-ce qui se passe, ici ? cria un concierge.

– Monte vite, Suzanne, faut qu'on se tire, fit le conducteur qui avait redémarré.

Celle-ci obtempéra tout en portant sa main au visage et en gémissant de douleur.

La voiture disparut, et Ruth, qui voyait les voisins la secourir et le danger s'éloigner, s'affaissa sur le sol.

37

Le capitaine Bernard Cuenoud, responsable du Bureau F au SR suisse avait lui aussi transmis à Victor Farrell sa propre liste de contacts qui pouvaient représenter des cibles pour des admirateurs du Führer.

Il y avait ajouté les responsables des postes de renseignement autour et dans Genève, ainsi que des agents, comme Marcel Durupty coiffeur à la gare Cornavin.

Enfin, il avait également cité une branche de l'Orchestre rouge dont le chef en Suisse, Radò, résidait avec sa femme rue de Lausanne à Genève, et sa radio d'origine suisse allemande, Margarete Bolli.

Après avoir discuté avec Adèle de la manière d'organiser la protection de tant de cibles et avoir monté un réseau de veille, il avait mis Radò, sa femme et Margarete Bolli sous surveillance.

Le chef de l'Orchestre rouge genevois avait été averti de la chose par Cuenoud afin d'éviter tout impair. Considérant que c'était pour sa sécurité, celle de son épouse et de sa radio installée avec émetteur-récepteur aux Eaux-Vives, il en prit acte et garda cela pour lui.

Nuit et jour, une soixantaine de personnes, telles des assistantes de services d'espionnage alliés et des relations proches de la résistance ou du SR, se relayaient au plus près de leur cible.

Vu que ces agents amateurs n'avaient aucune expérience de l'espionnage réel ni du combat, elles ne devaient en aucun cas intervenir, sauf si c'était une question de vie ou de mort, et encore.

Ce fut ainsi qu'Adèle Fontaine avait hérité du cas Margarete Bolli, sa compatriote suisse allemande.

Elle était contente d'apporter sa contribution au réseau des Espionnes du Salève. Depuis que la petite Armande avait vu le jour et que son père avait rejoint la Résistance de l'Ain auprès des FTP, elle l'élevait seule avec l'aide de son père et de sa propre nourrice.

Elle choisit de se charger de la surveillance de nuit, ce qui lui permettait de s'occuper de sa fille la journée. Le soir, elle la couchait et elle rentrait alors que la petite dormait encore.

En milieu de journée, mère et fille s'octroyaient une sieste bien méritée pour Adèle.

Cela faisait plusieurs jours maintenant que la surveillance était en action aux Eaux-Vives. Rien d'extérieur concernant Margarete Bolli n'échappait aux paires d'yeux, même néophytes.

Adèle Fontaine ayant participé à plusieurs opérations clandestines et transmis nombre de messages à la Résistance, elle avait développé une certaine acuité dans ses analyses.

Elle n'aurait pu apporter toutes les précisions qu'elle aurait souhaitées, mais quelque chose la dérangeait au plus haut point dans sa surveillance de la radio prosoviétique.

Une fois de plus témoin de certains faits, elle décida d'en discuter de vive voix avec Victor quand son quart serait achevé. Elle s'arrêterait au consulat sur le chemin du retour.

Armande se réveillerait certainement sans elle, mais il y avait assez de monde, et elle ne serait pas laissée à elle-même.

À 6h, son collègue vint la relayer. Elle rejoignit la place du Molard, où elle s'offrit un petit déjeuner.

Une heure plus tard, elle prit la direction du quai Wilson. La porte du 41 s'ouvrit, elle s'y engouffra et, sans attendre que la concierge la questionne, elle monta jusqu'à la porte et sonna, dans l'espoir que quelqu'un serait aussi matinal qu'elle.

Elle savait que Thela Todd-Naylor, l'assistante de Victor, arrivait assez tôt.

Personne ne répondit, au grand regret d'Adèle qui se fit la réflexion qu'elle n'était plus aussi affûtée que cela.

Elle se demandait ce qu'elle allait faire, quand le son de la porte d'entrée de l'immeuble se fit entendre et que des pas de souliers féminins retentirent.

Adèle Fontaine sortit de sa torpeur et se retrouva nez à nez avec Thela Todd-Naylor.

– Adèle ! Mais que fais-tu là à cette heure ? Qu'as-tu fait d'Armande ?

– T'inquiète, elle dort chez son grand-père. Tout va bien. Ouvre et on en parle dedans.

– Ah, oui, tu as raison.

Les deux femmes pénétrèrent dans le saint des saints. L'assistante de Victor Farrell fit chauffer de l'eau et prépara un thé pendant que l'espionne de Satigny lui résumait la situation et lui expliquait pourquoi elle avait décidé de venir à l'impromptu ce matin-là.

— On va se boire un bon thé le temps que le patron arrive. En tout cas, cela faisait longtemps que je ne t'avais pas vue, et j'en suis ravie. La prochaine fois, viens avec la petite.

— J'essaierai, mais c'est plus simple pour moi de venir en ville seule. À la propriété, elle est entourée et en sécurité.

Les deux femmes bavardèrent de choses et d'autres cependant que les aiguilles de l'horloge tournaient. Quand Victor Farrell débarqua, il était 8h pile !

Il posa son pardessus sur la patère et tourna la tête vers le bureau de son assistante, s'apprêtant à la saluer. Il s'arrêta dans son élan à la vue d'un visage qu'il reconnut immédiatement.

— Adèle par chez nous, mon Dieu, quel bonheur ! On avait rendez-vous ?

— Non, monsieur le vice-consul.

— Arrêtez de me chambrer, s'il vous plaît ! Prenez votre tasse et suivez-moi.

La jeune Suissesse obéit, suivie de Thela qui apporta un mug à son patron avant de les laisser seul à seule.

— Alors, que me vaut votre visite ? Il y a quelque chose de grave ?

— De mon côté, non, mais je viens de terminer une de mes surveillances de Margarete Bolli, et quelque chose me chiffonne. Je ne pouvais me résoudre à rentrer sans en avoir parlé avec vous.

— Je vous écoute.

— Merci. C'est idiot, c'est seulement un pressentiment, mais cette radio si importante pour la lutte contre les nazis, que ce soit avec les Soviétiques ou pas, sort avec un coiffeur qui a tout sauf un accent suisse allemand. C'est bizarre, non ?

— Pour être franc, je ne suis pas chargé de gérer l'activité de Margarete Bolli. Son patron c'est Radò. Je ne peux absolument rien vous dire à ce sujet. Bernard Cuenoud en sait peut-être plus que moi. Cependant je comprends votre inquiétude. Je vais transmettre au SR, et on verra bien ce qu'ils en feront. En attendant, poursuivez votre surveillance, vous et les autres, et si quelque chose d'important devait arriver, venez vite nous prévenir.

— Merci. Je suis peut-être idiote.

— Certainement pas. Je crois volontiers à votre sentiment d'inquiétude. Néanmoins, on n'a rien pour étayer le moindre soupçon concernant Margarete Bolli, et je ne veux pas lancer une alerte sans éléments supplémentaires.

— Parfait. Je vous laisse.

Adèle fontaine quitta les lieux non sans embrasser Thela.

38

La descente du Lysander vers le Léman n'était pas restée inaperçue malgré la nuit, et l'alerte retentit aussi bien du côté suisse que du français.

Les sirènes en provenance des deux rives s'époumonèrent, et aussitôt des embarcations prirent la direction du centre du lac où un avion avait visiblement tenté de se poser.

Bien entendu, les Allemands accompagnaient les gendarmes français, espérant bien récupérer l'équipage de l'avion.

C'était le premier incident de ce genre, et une flottille disparate et de nombreux projecteurs sillonnèrent les eaux endormies.

Finalement, ce fut une aile flottant dans la zone appartenant à la France, à quelques mètres près, qui mit tout le monde d'accord. L'aéronef s'était écrasé, et malgré des recherches qui durèrent toute la nuit, aucun corps ne fut récupéré.

Fatigués, les militaires des deux rives rentrèrent chez eux.

Dans Genève, la nouvelle circulait. Un avion de la RAF qui tentait une opération clandestine en France avait été abattu.

Le pilote et son passager étaient portés disparus ; ils avaient vraisemblablement sombré dans leur cercueil d'acier.

Du côté du IIIe Reich, on accusait les Britanniques d'avoir voulu monter une opération de déstabilisation, et le prix à payer leur était imputable.

La Confédération helvétique s'était fendue d'un communiqué assez lapidaire indiquant qu'un avion en perdition, certainement en raison de tirs, s'était abîmé dans le lac et qu'il fallait déplorer deux victimes.

De son côté, Victor Farrell avait contacté Londres afin d'en savoir plus. Il n'obtint comme seule réponse qu'un Lysander parti de Tangmere aurait dû revenir à sa base, mais manquait à l'appel.

Selon toute vraisemblance, le pilote, Peter Sullivan, et sa passagère, Sevan Churuckian, avaient péri dans l'accident.

De leur côté, les Waffen SS exhibaient la photo de l'aile aux armoiries de la RAF et se félicitaient d'avoir abattu un avion ennemi.

Tout le monde ne parlait que de cet incident dans la Genève internationale. Hannah, qui en avait été informée par son logeur, rejoignit le 41 quai Wilson à grands coups de pédales.

Elle gravit les marches de l'escalier et déboula dans le bureau du MI6 de Genève.

Ce fut Thela qui la reçut.

— Dis-moi que ce n'est pas vrai ! hurla la cheffe des Espionnes. Sevan est-elle morte, oui ou non ?

— Je crains que tout espoir ne soit perdu.

Au même moment, Victor Farrell, qui avait reconnu la voix teintée d'un léger accent polonais, apparut.

— Bonjour, Hannah ! Je suis désolé. L'avion de Peter Sullivan et Sevan, qui est parti hier en fin de journée du sud de l'Angleterre pour rejoindre les environs d'Annemasse, n'est pas rentré. On vient de me le confirmer. Les Allemands ont récupéré un morceau de l'appareil, et tout concorde, c'est une aile de Lysander.

— Et Sevan et son pilote ? On les a retrouvés ?

— S'ils se sont crashés, comme c'est certainement le cas, ils sont restés prisonniers de leur boîte de sardines et sont à présent au fond du lac.

Hannah prenait conscience de la réalité. Elle saisit la chaise que Victor Farrell lui avançait et s'assit. Ses larmes coulaient à flots.

Les Espionnes vivaient leur plus grande tragédie.

Ce qu'ignoraient encore le chef du MI6 de Genève et les Espionnes, c'était que la journée n'était pas finie et que les mauvaises nouvelles allaient continuer à tomber.

Alors que les bureaux du consulat s'apprêtaient à fermer, le radio reçut un message codé de première urgence. Il s'empressa de le transcrire et descendit au bureau du patron.

— Un câble pour vous, fit-il en lui tendant un bout de papier.

Le visage de l'espion se figea.

Le message émanait du SOE et annonçait que leur dernier agent envoyé à Paris, Noor Inayat Khan, venait d'être arrêté lors d'une descente au 98 rue de la Faisanderie.

« Décidément, les agents du SOE ne durent jamais très longtemps ! » se dit l'homme, abattu par cette journée de mauvaises nouvelles.

39

Contactés par émetteur-récepteur depuis Bâle, Victor Farrell et Hannah Leibowitz ne se montrèrent pas vraiment enthousiastes à l'idée d'envoyer deux des Espionnes en Alsace.

Cependant ils s'y résignèrent ; comme l'avait souligné Katharina, se contenter de l'envoyer à la frontière franco-suisse sans qu'elle puisse enquêter réellement sur ce qui s'était passé n'avait aucun sens.

Finalement, le lendemain de leur arrivée, la Lucernoise et l'Italienne rejoignirent Julien Dungler à la gare centrale. Il avait troqué son costume pour des vêtements plus pratiques et plus discrets.

Utilisant des bicyclettes, ils rallièrent Allschwil et se rapprochèrent du point de passage habituel.

Julien attendait désespérément le signal de Jeanne. Il ne la voyait pas, mais la fenêtre de sa chambre était ouverte, comme il se doit quand le chemin est libre, et il décida que c'était le moment d'y aller.

Le jeune homme préféra chercher un point moins exposé à la lumière du jour et longea la rivière vers l'aval sur une bonne centaine de mètres.

— Bon, retirons nos chaussures et passons. Je ne vois rien à l'horizon.

Les deux jeunes femmes obtempérèrent en silence. Julien attacha ses chaussures par leurs lacets et les passa autour de son cou, puis il s'élança et commença la traversée.

Katharina le suivit, flanquée d'Antonina qui restait silencieuse, mais semblait inquiète et scrutait les environs.

Le petit groupe avançait quand la Sicilienne repéra une silhouette au loin, casque sur la tête et pistolet-mitrailleur MP40 braqué vers eux.

— Halte ! hurla le Waffen SS.

Il ne fallut pas longtemps pour que le son d'une salve retentisse.

Dans le même temps, la combattante donnait ses ordres.

— Couchez-vous et laissez-vous porter.

Tous trois se retrouvèrent à flotter dans une trentaine de centimètres d'eau et à dériver en même temps que les balles arrivaient sur eux.

— Aaah ! cria Julien en portant la main à son épaule.

Antonina venait de repérer un renfoncement vers la partie française et elle l'indiqua à ses deux compères après avoir descendu le cours de la rivière sur moins de cinq cents mètres.

— Cachons-nous là et attendons, chuchota-t-elle.

Katharina et Julien obéirent en silence.

La fusillade avait cessé. Ils se collèrent les uns aux autres contre la rive afin de se dissimuler dans la végétation. Antonina, qui avait acquis de l'expérience avec Sevan en Angleterre, restait tous les sens en alerte.

Dans un premier temps, elle avait entendu le soldat donner un ordre. Elle s'attendait à ce qu'il les rejoigne avec des renforts, mais aucun son ne lui parvint.

Au bout d'une demi-heure, elle tenta de jeter un coup d'œil tout d'abord en amont de la rivière, puis, en se hissant, le corps plaqué sur la rive. Elle releva la tête, cachée par les herbes hautes.

Rien ! Elle avait beau scruter l'horizon vers l'endroit d'où les tirs étaient partis, elle ne percevait aucune agitation quelconque.

Elle revint sur ses pas et s'adressa à ses amis à voix basse.

— Suivez-moi en silence et restez à plat ventre.

Julien fit la moue, mais réussit à grimper le petit rebord, suivi de Katharina.

Ils se couchèrent en attendant les ordres. Un filet de sang coulait de l'épaule du jeune homme. Antonina s'en rendit compte et s'approcha.

Dans le même temps, l'Italienne s'aperçut que Katharina, qui n'avait pas ouvert la bouche, avait le visage blême. L'inspectant instinctivement, elle remarqua une tache rouge sur son flanc droit.

— Mais vous êtes blessés tous les deux ! s'exclama-t-elle, prenant soudain conscience de la situation.

Katharina regarda son chemisier et s'évanouit !

40

Les voisins de Ruth étaient tous sortis, et l'un d'entre eux la releva en douceur.

— Ça a va aller ? lui demanda-t-il.

— Oui, oui ! fit l'espionne, encore sous le choc.

L'attaque était passée, et le spectacle achevé, tous rentrèrent chez eux.

Ruth reprit le chemin de son appartement. Elle n'en revenait toujours pas de s'être fait agresser ainsi en plein Genève.

Heureusement pour elle, elle avait mémorisé le numéro de la plaque d'immatriculation et elle connaissait le nom du conducteur et de sa passagère, sans oublier que plusieurs de ses voisins lui avaient dit être témoins.

Elle en discuterait avec Victor et Hannah, mais *a priori*, elle pensait suivre le conseil de porter plainte contre ses agresseurs.

Le lendemain, 13 octobre, Adèle, qui poursuivait ses gardes auprès de Margarete Bolli, en eut pour son argent puisque, alors qu'elle allait rentrer chez elle, il y eut une descente de police.

La jeune femme et son amant furent emmenés. Ce dernier, de nationalité allemande, fut finalement relâché ; on ne pouvait rien lui reprocher.

En revanche, une enquête fut lancée contre la jeune radio. Celle-ci avait évité de se faire prendre avec ses appareils, mais son chef avait oublié un livre de code, ce qui permit aux policiers de l'accuser de ne pas respecter la loi.

Elle fut cependant relâchée à son tour.

Radò avait été informé de la libération de Peters. Dans la mesure où il était allemand et appartenait vraisemblablement à l'Abwehr, le risque était trop grand.

Cette arrestation n'arrangeait absolument pas les espions du consulat germanique. Leur agent infiltré attendait de pouvoir cueillir toute la filière, et l'intervention du contre-espionnage suisse, avec l'aide de la police genevoise, leur mettait des bâtons dans les roues.

Adèle avait tout observé depuis sa planque et elle ne doutait pas que, grâce à son arrestation, la jeune radio suisse allemande avait aussi échappé à une tentative de rapt, voire d'assassinat en règle.

L'espionne de Satigny avait repéré une silhouette avec une chevelure blonde décolorée qui attendait sa proie devant son immeuble.

Adèle prit le chemin du 41 quai Wilson et y fit son rapport à Victor Farrell. Le hasard fit que Ruth s'y rendait aussi afin de raconter sa mésaventure.

Le chef du MI6 écouta le récit des deux jeunes femmes tout en dégustant une tasse de thé.

— Si je comprends bien, c'est Suzanne Cevey qui a tenté d'assassiner Ruth avec la complicité de son mari Raoul.

— Affirmatif, répondirent les deux espionnes.

— Et c'est également elle qui attendait Margarete Bolli ce matin dans le même but, poursuivit le maître-espion.

— Oui, c'est exactement ça, répondit Adèle. On fait quoi avec ça maintenant ?

— Je suis assez d'accord avec les voisins de Ruth sur le fait qu'il faudrait porter plainte contre ces deux sinistres individus. Est-ce que cela aboutira à quelque chose pour autant ? Dieu seul le sait. En attendant, Ruth, on va vous loger ailleurs, changer votre nom et vous adjoindre un ou une garde du corps, ajouta Victor Farrell.

— Vous croyez vraiment ? demanda l'intéressée.

— Il a entièrement raison. Moi, je la buterais bien volontiers cette nazillonne, fit Adèle.

— Pour vous retrouver en prison ? fit le chef du MI6. Non ! Il faut vous protéger, et par ailleurs, la justice se fera en temps et en heure !

Ruth et Adèle quittèrent les lieux et marchèrent un peu avant de rejoindre leurs pénates.

Adèle se tourna alors vers sa camarade.

— Tu ne veux pas venir à la maison ? On a assez de place, et le risque est quasiment inexistant.

— Oh, je n'y avais pas pensé, mais j'accepte volontiers, c'est gentil. Merci Adèle !

41

Ce que tout le monde ignorait encore, c'était que le Lysander s'était posé en douceur sur la surface du lac, en plein milieu de la zone de pêche où se trouvaient trois barques de pêcheurs de la petite bourgade d'Yvoire.

Le temps que les services de sécurité rejoignent les lieux du drame, il n'y avait plus aucun indice de ce qui s'y était passé.

Sevan se sentit tout d'abord désespérée à l'idée que son cri, lancé en pleine nuit au milieu du Léman, n'ait servi à rien.

Mais à sa grande surprise, et malgré l'émotion, la fatigue et l'inquiétude, elle distingua soudain la proue d'une barque et des sons qui se rapprochaient.

— Accrochez-vous, on arrive.

Le commando cessa de nager et fit tout le nécessaire pour maintenir Peter à flot le temps que la barque se colle contre elle et que deux bras la hissent à bord comme un gros thon. Les occupants du navire en firent autant avec le pilote britannique, puis les deux pêcheurs opérèrent un demi-tour vers la rive française.

Au loin il semblait y avoir déjà de l'agitation.

— Couchez-vous sous les filets, les services de sécurité suisses et français ont lancé des vedettes pour vous retrouver. On vous ramène en lieu sûr. Ils n'ont pas besoin de savoir où vous êtes.

L'embarcation s'approcha lentement de la rive et s'arrêta dans un petit port.

Sevan, qui reprenait ses esprits, les interrogea :

— Où allons-nous ? Qui êtes-vous ?

— On arrive chez nous, à Yvoire. On n'est pas de la Gestapo.

— Comment vous nous avez trouvés ?

— On a vu et entendu votre descente, et ensuite votre avion a plongé presque au milieu de notre zone de pêche. On ne pouvait vraiment pas vous rater. En revanche, heureusement qu'on vous a repêchés, car regardez au large : y a du monde qui vous cherche, et ce ne sont pas que des gentils. Vu où on vous a trouvés, il n'est pas sûr que ce soient les Suisses qui vous auraient récupérés, et cela n'aurait pas été la meilleure nouvelle pour vous. Faut y aller, maintenant.

— On va loin ? Mon pilote a reçu une balle et a perdu beaucoup de sang, je n'ai pas pu lui faire un garrot.

— On se trouve maintenant à deux cents mètres de ma maison. Ma femme pourra le soigner, elle est infirmière.

— On vous suit !

Le Britannique restait silencieux. L'accident et la descente l'avaient épuisé, la perte de sang l'affaiblissait, mais si son visage avait perdu pas mal de couleur, pour le moment il tenait le coup.

— Ça va aller, Peter ? Encore deux cents mètres d'efforts et on est à l'abri, lui dit Sevan en anglais.

Il se contenta de lui envoyer un signe de tête et commença à suivre le groupe en boitillant tout en jetant un coup d'œil vers le ramdam qui se déroulait au milieu du Léman.

« On a vraiment eu chaud ! » se dit-il.

Sevan, de son côté, s'inquiétait. Si on les avait canardés aussi facilement, cela voulait dire que quelqu'un avait averti des soldats allemands qui s'étaient ensuite présentés au terrain d'aviation. Il fallait seulement espérer que les résistants qui avaient allumé les feux ne s'étaient pas fait prendre.

« Quel est le fils de pute qui a pu nous vendre aux Boches ? » se demanda l'Anglo-Britannique. Ce qui est sûr, c'est que je le retrouverai et qu'il passera un sale quart d'heure. »

Le pêcheur s'arrêta devant une simple demeure et ouvrit la porte.

— Entrez vite. Quand j'aurai fermé la porte, on allumera une lampe à huile. Personne ne vous verra.

42

La jeune Lucernoise, artiste peintre peu habituée aux actions militaires, venait d'être blessée par balle et la plaie, cachée par le chemisier, saignait abondamment.

Aussitôt Antonina prit ses responsabilités. Elle saisit un mouchoir dans sa poche et compressa la plaie.

— Assieds-toi et appuie fort. Je vais voir si c'est grave.

Katharina ne répondit que par un signe de tête.

La Sicilienne avait auparavant scruté les alentours. Visiblement, le garde qui avait tiré était seul. Persuadé d'avoir éliminé ses cibles, il n'avait pas poursuivi ses recherches.

Sans oublier qu'ils avaient dérivé de leur point de départ.

Katharina Huwiler s'assit et souleva lentement son chemisier. Le sang coagulait en douceur. La combattante examina la plaie par-devant et par-derrière.

— On dirait que la balle est entrée et ressortie sans faire trop de dégâts.

— Je n'ai pas mal. Se faire trouer le corps est assez perturbant pour moi, mais on dirait que la balle est passée dans le gras, même si je suis assez mince, rétorqua la peintre en souriant.

— Notre salut à tous vient du fait que le soldat a tiré de loin et que nous étions en limite de portée de son pistolet-mitrailleur. Je vais voir l'épaule de Julien.

Le jeune homme se taisait. Le sang ne coulait plus.

Antonina ouvrit son polo et vit que la balle était passée à travers les muscles, en dessous de l'articulation. Là aussi, le projectile était ressorti.

— Bon, toi aussi, tu t'en sors bien. Quand on sera installés correctement, on fera des pansements propres. Ça aurait pu être bien pire. Ce que je ne pige pas, Julien, c'est pourquoi tu nous as fait passer, alors qu'il y avait un militaire qui nous attendait.

— Moi non plus je ne comprends pas. La fenêtre, signe que la voie était libre, était ouverte. Certes, Jeanne n'était pas là, mais le signal majeur, si !

— Bon, maintenant, avançons et rejoignons tes contacts. On fera le point plus tard.

Heureusement, les herbes étaient hautes, et le camouflage, aisé. Julien prit le chemin vers l'auberge de Jenny. Antonina, son arme à la main, balayait le paysage de ses yeux, concentrée.

Ils étaient à un demi-kilomètre en aval du lieu de rencontre prévu.

Quelques minutes plus tard, après avoir contrôlé les alentours de l'auberge, ils entrèrent.

Jeanne, qui était à la réception, les accueillit avec consternation :

— Mais que faites-vous ici ? Un détachement allemand est passé tout à l'heure. Un peu plus, vous étiez arrêtés. Vous êtes inconscients !

— Tu as laissé la fenêtre ouverte, alors, tu te calmes !

— C'est vrai ?

— Ben oui, je ne t'ai pas vu, mais comme la fenêtre était ouverte, j'ai pensé que c'était bon.

— Oups, désolée. J'ai oublié de la fermer.

— À cause de tes conneries, Katharina et moi avons pris chacun une balle. Heureusement, cela n'a pas l'air grave.

L'Alsacienne rougit de confusion.

— Je suis navrée ! Venez, je vais vous soigner.

La jeune femme nettoya les plaies et posa des pansements compressifs.

Les deux blessés en étaient quittes pour une grosse frayeur et quelques douleurs pour plusieurs jours.

Jeanne monta à l'étage vérifier qu'aucune patrouille ne se trouvait dans les parages. C'était le cas. Ses amis étaient tombés au mauvais moment. Sans casse majeure, malgré tout.

— Tu as des nouvelles d'Emma et d'Henri ? demanda Julien Dungler.

— Rien de plus que ce que je t'ai déjà dit. Le plus simple est de monter à Mulhouse et de demander des informations supplémentaires. Je vous attendais.

— On part quand ? lança Antonina.

— À la tombée de la nuit, on sera moins visibles. On va d'abord manger un morceau et on décolle.

Au soleil couchant, ils enfourchèrent des bicyclettes et se mirent en route. Ils empruntèrent des chemins de traverse afin d'éviter les grands axes où étaient susceptibles de passer des convois allemands.

Une demi-heure plus tard, ils arrivaient à Mulhouse. Jeanne savait qui contacter. De fil et en aiguille, ils arrivèrent à en apprendre plus sur l'arrestation de René Ortlieb et de l'abbé Joseph Stamm.

Le bras droit de Paul Winter leur confirma qu'Emma et Henri avaient la charge de faire passer les deux hommes en

Suisse et que, depuis qu'ils avaient été arrêtés, on n'avait plus de nouvelles des deux jeunes gens.

On leur indiqua où les arrestations avaient eu lieu et quels étaient les membres de la 7e colonne d'Alsace qui en avaient été témoins.

43

Sevan et Peter se cachaient dans la demeure d'Émile et de sa femme. Cette dernière, infirmière à l'hôpital de Thonon-les-Bains, avait extrait la balle qui s'était logée dans les muscles de la cuisse du pilote.

La combattante rongeait son frein. Elle aurait souhaité rejoindre Genève et ses amies espionnes, mais le pêcheur lui avait conseillé d'attendre que les remous se calment.

Sevan voulait en même temps comprendre pourquoi le Lysander avait été pris pour cible, d'autant que le projet d'atterrissage avait été bien tenu secret.

Elle prit la décision d'enquêter.

— Émile, j'aimerais savoir ce qu'il s'est passé à Ville-la-Grand, vous pouvez m'aider ?

— Ici on est à une bonne vingtaine de kilomètres de cette ville. Ce que je vous propose, c'est de rencontrer l'abbé Rosay, à Douvaine, il en saura certainement plus, il est un des chefs de la Résistance ici.

— Avec plaisir.

Le lendemain, le pêcheur annonça au commandant Churuckian qu'ils se rendraient le soir même à la cure de Douvaine.

Émile expliqua que son rôle consistait à servir d'interface avec la Suisse et ses amis pêcheurs d'en face, au nom de la Résistance. Le père Rosay et plusieurs de ses paroissiens étaient très actifs dans la lutte contre l'envahisseur.

Au coucher du soleil, au lieu de prendre sa barque, Émile prit le chemin de la ville qui se situait à moins de dix kilomètres d'Yvoire.

Ils furent reçus par le prêtre, ravi de les rencontrer et surtout de les savoir en vie.

Sevan ne put attendre beaucoup plus longtemps pour l'interroger.

— Savez-vous quel est le salopard qui a alerté les Boches, et mes amis de la Résistance de Ville-la-Grand ont-ils été arrêtés ?

— Je n'ai rien entendu concernant de possibles arrestations ces derniers jours, ce qui voudrait dire que vos amis ont pu décamper à temps. Concernant l'identité de celui qui a pu avertir les SS, vu que cela s'est passé vers Annemasse, je ne saurais trop vous conseiller de vous rapprocher du père Louis Favre, il en saura peut-être plus.

— Je le connais, j'ai opéré avec sa sœur, Marie. Je vais voir avec Émile pour me rendre au Juvénat. Votre idée est judicieuse.

— Heureusement pour vous qu'Émile était là quand vous avez amerri. Faites attention quand vous irez voir Louis, les Allemands sont partout, même s'ils pensent que vous êtes au fond du lac.

— Comptez sur moi, mon père. Et tant mieux si on me croit morte, je serai d'autant plus efficace.

Le trio repartit vers Yvoire.

— Émile, pensez-vous que je pourrais aller facilement jusqu'au Juvénat ?

— Je demanderai à mon fils de vous y emmener. Il appartient à la Résistance, il sait quels coins éviter.

Comme prévu, le lendemain, Jean prit la direction de Genève avec sa motocyclette, Sevan accrochée des deux bras à sa taille.

Connaissant par cœur les villages et les endroits où la gendarmerie française et les Allemands se postaient, il opéra les détours nécessaires qui lui permirent d'atteindre son objectif une demi-heure plus tard.

Il pénétra dans la cour et y laissa le commandant Churuckian, préférant rester dehors pour surveiller la place et fumer une cigarette.

Les cours étant finis, Sevan ne dut pas attendre trop longtemps avant que le père Louis Favre ne la rejoigne à l'entrée.

— Mais sans blague, c'est bien vous, ma chère ? Quel bonheur ! J'ai cru que je ne vous reverrai jamais, après ce qui s'est passé.

— Moi de même, mon père.

— Venez dans mon bureau, vous allez tout me raconter.

Sevan obéit et résuma toute son aventure jusqu'à ce jour.

— Le père Rosay m'a dit qu'il n'y avait pas eu d'arrestations depuis mon crash. C'est vrai ?

— Il a raison. Ce qui m'a été rapporté, c'est que nos amis communs ont allumé les torches afin que votre pilote se repère comme il faut, et qu'au moment où l'avion se présentait au loin, ils ont remarqué des mouvements anormaux et un véhicule de transport de troupes arriver sur les lieux. Dans l'impossibilité de faire quoi que ce soit pour vous, ils ont disparu dans le noir de la nuit, et aucun ne s'est fait prendre.

— C'est une bonne nouvelle, mon père. Vous savez qui nous a trahis ?

— Je ne crois pas à un mouchard dans le réseau. À votre place, je me rapprocherais de notre ami Gaspard qui vous a proposé le terrain d'aviation, il aura certainement une petite idée sur la chose.

— Je vais essayer de passer maintenant avant de me cacher à Yvoire.

— Prenez soin de vous.

44

Jeanne Jenny et ses comparses, enquêteurs dans l'âme, remontèrent le fil des événements qui avaient mené à l'arrestation de René Ortlieb et du père Joseph Stamm.

Depuis Mulhouse, ils se rendirent au nord-ouest, à Thann, lieu de naissance de la 7e colonne d'Alsace et ville d'origine de Paul Dungler.

Ils apprirent que René Ortlieb s'était fait cueillir alors qu'il avait été informé qu'il était recherché et qu'il s'apprêtait à quitter sa ville pour rejoindre la Suisse en passant par Durlinsdorf, où résidait l'abbé Joseph Stamm.

Tous quatre rejoignirent le village où officiait le prêtre, et on leur confirma ce qu'il s'était passé. Dans la foulée, on leur assura qu'un jeune homme qui rejoignait le village avait été arrêté juste après.

Jeanne demanda s'il était accompagné par une jeune femme.

Ce fut la gouvernante du curé, Albertine, qui la renseigna :

— Oui, bien sûr qu'il y avait une jolie jeunette.

— Ils l'ont emmenée ? cria presque la jeune femme.

— Mais non !

— Mais où est-elle ? C'est ma sœur !

— Fallait le dire plus tôt. Venez, je vous y emmène. On la cache depuis toutes ces histoires.

Quelques minutes plus tard, la gouvernante ayant parcouru une partie du village se présenta à un vigneron qui les mena jusqu'à une cave organisée en cachette confortable.

Jeanne se retrouva devant sa sœur. Elle lui sauta au cou, émue de la retrouver.

— Emma, te voilà ! Merci, mon Dieu.

— Jeanne, que fais-tu là ?

— Je te cherche depuis des jours et des jours.

— Je vais te raconter.

Les deux sœurs se tenaient la main, heureuses de se retrouver.

Jeanne Jenny et ses amis apprirent ainsi qu'Emma avait rejoint son amoureux alors qu'ils devaient récupérer René Ortlieb et le père Joseph Stamm.

Arrivé en avance, Henri avait vu des Allemands emmener le curé. Il avait laissé sa fiancée un peu plus loin et il s'était fait arrêter à son tour.

Emma n'avait pas bougé jusqu'à ce que des villageois la prennent en charge et la cachent dans ce lieu.

— Pourquoi tu n'es pas rentrée à la maison ?

— La Résistance a dit que les Boches recherchaient d'autres comparses de René Ortlieb, du père Stamm et d'Henri. Ils ont pensé que je serais mieux ici.

— Et Henri, alors ?

— J'ai vu les SS le prendre. Depuis que c'est arrivé, la Résistance m'a dit qu'il avait été amené à Mulhouse où ils l'ont interrogé, et maintenant il est au Struthof !

— Non ! Tu en es certaine ?

— Oui, malheureusement.

— Je ne veux pas gâcher les retrouvailles, fit Katharina, mais c'est quoi le Struthof ?

— C'est le KL, *Konzentration Lager*, un camp de concentration situé à Natzwiller, à une quarantaine de kilomètres d'ici, précisa Jeanne Jenny.

— En Allemagne, alors ? poursuivit Katharina.

— Non, ici en Alsace. Le camp a été construit pour enfermer tous les opposants politiques dans le cadre du décret *Nacht und Nebel*, que nous traduisons par « Nuit et Brouillard ». Mais ce n'est pas un camp d'extermination, même si ceux qui y sont internés n'ont aucune chance de s'en sortir.

Katharina et Antonina, qui ne connaissaient rien à cette réalité, se plongèrent dans le silence, horrifiées.

Maintenant que la jeune Emma avait été retrouvée saine et sauve, elles allaient comprendre ce qu'était ce camp et comment elles pourraient en sortir Henri Winter.

45

Après sa journée d'enquête, Sevan était rentrée en toute discrétion à Yvoire, chez Émile. Le lendemain, elle rejoindrait la ferme de Gaspard, propriétaire du champ d'aviation.

Comme prévu, elle demanda à Jean, le fils du pêcheur, s'il pouvait la conduire avec sa moto jusqu'à Ville-la-Grand. Il lui proposa d'y aller en fin de journée, ce qui lui convenait.

Comme prévu, à califourchon sur la selle, Sevan roulait avec son conducteur vers Genève et sa banlieue.

Alors qu'ils n'étaient qu'à deux kilomètres de leur destination, ils remarquèrent l'un et l'autre des volutes de fumée noire, qui s'élevaient dans le ciel.

Jean stoppa sa machine. Des engins de pompiers se rendaient dans la direction du probable incendie.

— Je m'approche au mieux. Mais je fais attention, y a trop de policiers qui vont arriver.

— D'accord.

En avançant prudemment, ils se retrouvèrent assez près pour s'apercevoir que c'était la ferme voisine de celle de Gaspard qui brûlait. Elle avait été réduite en cendres en quelques minutes seulement.

Jean reprit la route et fit un détour pour rejoindre la ferme de Gaspard. Ce dernier regardait l'incendie depuis sa cour.

— Bonjour, Gaspard. Qu'est-ce qui se passe ? demanda Sevan en sautant à terre.

— C'est vous ? Vous n'êtes pas morte dans l'avion ?

— Ben, non ! On a sauté à temps, et des pêcheurs nous ont récupérés. Le père Favre m'a demandé de vous questionner sur l'identité de la taupe qui a informé les Allemands de notre atterrissage. Il a également mentionné que les résistants qui m'ont aidée n'avaient pas été capturés, est-ce vrai ?

— Grâce à Dieu, oui, c'est vrai. Et je crois bien que votre traître vient de payer la note ! fit le paysan en indiquant la direction de la ferme voisine.

— Vous croyez qu'ils ont foutu le feu à sa ferme par vengeance ?

— Ça faisait longtemps qu'on se doutait qu'il fricotait avec les Boches ! Alors, quand les SS ont débarqué au moment où les résistants allumaient les torches pour vous aider, c'était la goutte qui a fait déborder le vase. Surtout quand votre mort a été annoncée.

— Waouh ! s'exclama la combattante. C'est expéditif, en tout cas.

— On peut voir ça comme ça. Ici on est assez *œil pour œil, dent pour dent* ! Il pouvait fermer les yeux, comme d'autres le font. Personne ne lui a demandé de moucharder.

— Vu comme ça, je comprends. Cela ne va pas vous en faire un ami.

— Il ne l'a jamais été, je ne perds rien, et mes amis de la Résistance ont bien fait. Et vous, vous n'avez pas été blessée ?

— Moi, non ! Peter a reçu une balle dans la jambe, mais maintenant il va bien. Il va bientôt pouvoir rentrer en Angleterre. En revanche, je ne pense pas que les Britanniques garderont ce terrain dans leurs tablettes, vu ce qui vient de se passer.

– J'imagine. C'est dommage, mais à leur place, je ferais la même chose.

N'ayant plus rien à faire ici, le commandant Churuckian décida qu'il était temps de rentrer en Suisse. Elle rentra avec Jean à moto et organisa son retour en Suisse le soir même. Il suffisait que, longeant la côte, Émile approche sa barque à la hauteur du village d'Hermance et que Sevan et Peter débarquent en terre helvétique.

Ce qu'ils firent. Ils marchèrent ensuite plusieurs heures, le temps d'arriver au pont du Mont-blanc et de rejoindre le quai Wilson.

Certains d'être à l'abri, ils montèrent jusqu'à l'étage du consulat où ils s'assirent pour le restant de la nuit.

Au petit jour, Thela les trouva endormis, tous les accès bloqués.

Elle les secoua, et ce fut avec un sourire que Sevan s'éveilla.

– Sev, tu es vivante !

– Oui ! Il semblerait, Thela.

– C'est merveilleux. On te croyait morte avec le pilote, fit l'assistante du MI6 en enlaçant la combattante. Entrez !

Une heure plus tard, ce fut Victor Farrell qui entrait et avait la surprise du jour.

Habituellement plus réservé, il ne cacha pas sa satisfaction de retrouver le commandant Churuckian et le pilote du SOE sains et saufs.

– Quel bonheur de vous savoir de retour et en pleine santé ! Racontez-moi tout.

Sevan s'exécuta tout en buvant une gorgée de thé de temps à autre.

— Si je comprends bien, le voisin de la ferme où vous deviez atterrir a vendu la mèche, et les Allemands vous ont accueillis à coup de MP40. Puis la résistance lui a réglé son compte.

— Exactement, fit Sevan.

— On fait quoi maintenant ? interrogea Victor.

— Il faut organiser un retour pour Peter.

— Je vais appeler Londres immédiatement. Quant à vous, Sevan, je pense qu'on aura besoin de vous en urgence au nord du pays.

— Ah bon ?

Le maître-espion résuma alors le périple de Katharina et d'Antonina, et leur découverte concernant la vraisemblable incarcération du jeune Henri Winter au KL Struthof.

Après avoir appris que son adjoint était en vie, Hugh Verity décida de prendre les airs et d'aller le chercher le soir même. Un groupe prit Peter Sullivan en charge et l'amena à Pont-de-Vaux où, sur le coup des 21h, le Lysander se posa. Il repartit cinq minutes plus tard avec son ami pilote.

« Ce fut une merveilleuse journée », se dit-il !

46

Ruth restait choquée par l'attaque qu'elle avait subie, alors qu'elle se croyait totalement protégée dans la Genève neutre et internationale.

Quand Victor Farrell lui fit savoir que Sevan était vivante et de retour et que, par ailleurs, son aide serait précieuse, elle accepta et rejoignit le quai Wilson.

À la surprise générale, Ruth sauta sur son binôme et pleura de joie de la revoir.

Sevan se laissa faire et embrassa aussi la Juive de Paris.

Après ces effusions, le maître des lieux résuma la situation.

— En bref, Katharina et Antonina ont enquêté et découvert que le jeune Henri s'était fait prendre. Il serait, semble-t-il, enfermé depuis plusieurs jours dans un camp de concentration en Alsace.

— En France ? s'écria Ruth, qui n'en revenait pas.

— Je comprends votre surprise, mais c'est ainsi. Avant que nos deux autres Espionnes n'agissent, j'aimerais que vous les rejoigniez au plus vite. Je ne veux pas les retrouver au KL du Struthof !

— Il ne manquerait plus que ça, remarqua Sevan. On part maintenant et on vous tient au courant.

Toutes deux restèrent encore une heure, le temps que Victor Farrell leur transmette divers renseignements concernant la manière de traverser la frontière et l'endroit où retrouver les deux autres.

Le soir même, elles pénétraient en Alsace par l'auberge des Jenny où Jeanne les attendait.

Après avoir retrouvé sa sœur, elles et les trois autres avaient averti Victor de ce qui se passait et décidé de revenir aux alentours de Bâle avant de repartir dès que possible.

Emma, éprouvée, resta avec ses parents, alors que Jeanne, Julien, et les quatre espionnes décidèrent de rejoindre des résistants de la 7e colonne d'Alsace à Mulhouse.

Suivant la procédure qui lui avait été transmise, le groupe se retrouva sur la place de la cathédrale et gagna un bâtiment dans lequel il pénétra.

Ils se retrouvèrent avec le curé et des partisans qui les attendaient.

C'était le chef de la 7e colonne du Haut-Rhin – et frère d'Henri – qui les avait aiguillés en ce sens.

— Bonjour, et merci de nous recevoir. Je suis Julien Dungler, le frère de...

— Paul, on sait, rétorqua le prêtre. Paul Winter nous a déjà tout expliqué ou presque. Il paraît que vous vous intéressez au Struthof ?

— Affirmatif, fit Antonina qui avait pris de l'assurance en peu de temps. Pouvez-vous nous expliquer à quoi cela ressemble et quelles sont les possibilités d'y entrer ou d'en ressortir ?

— Mais, vous rêvez les yeux ouverts, braves gens ! fit celui qui se tenait à la droite du prêtre. Il n'y a eu qu'une seule évasion, qui a failli mal tourner d'ailleurs, il y a un an.

— Racontez-nous, alors ! s'exclama Sevan, qui reprit le *leadership*.

L'homme se lança dans une assez longue explication. Il raconta comment l'annexion de l'Alsace par l'Allemagne s'était opérée et comment l'envahisseur avait tout d'abord réprimé une révolte. Puis, suivant le décret de Nuit et Brouillard du 7 décembre 1941, avait été créé le camp dans les montagnes de Natzwiller, qui avait été germanisé en Natzweiler, pour bien montrer que désormais l'Alsace était une province d'Allemagne. Le but de ces camps et du décret *Nacht und Nebel* était de faire disparaître purement et simplement tout opposant au IIIe Reich dans la plus grande discrétion possible.

Le camp du Struthof avait récemment été agrandi afin de recevoir plus de réfractaires de toutes les nationalités.

L'homme poursuivit ses explications sur le personnel SS d'encadrement et conta la rocambolesque évasion de cinq prisonniers, dont un Alsacien, un dénommé Martin Winterberger qui avait considérablement facilité l'opération grâce à ses multiples contacts.

Cela n'avait pas empêché le pauvre Alfons Christmann d'être repris, alors qu'il allait passer en Suisse à la hauteur de la ville de Delle, et d'être pendu au Struthof devant ses camarades, à titre d'avertissement.

— Je ne vous empêche pas de tenter quelque chose, mais honnêtement, de ce que nous a raconté Martin, le contrôle du camp est si intense que j'ai beaucoup de doutes. Cela étant, vous êtes des professionnels, à ce qu'on dit, vous serez peut-être meilleurs que Winterberger.

— Je ne suis pas certaine que nous soyons meilleurs que qui que ce soit. Il n'empêche qu'avant de renoncer, il faut tester. Si j'ai bien tout compris, le personnel du camp est composé de vrais durs, comme le commandant, et, par conséquent, la possibilité de corrompre quelqu'un est impossible. Est-ce exact ?

— En gros, oui !

— Si j'approfondis ma réflexion, le camp dépend de la nourriture et des services extérieurs.

— En effet, depuis plusieurs endroits de la région, il y a des livraisons de divers produits, à commencer par la viande, les légumes et autres ingrédients pour la cuisine.

— En clair, il y a des accès depuis l'extérieur.

— Oui, c'est ça. Est-ce que pour autant l'accès est suffisant pour faire sortir un prisonnier ? Ce n'est pas du tout garanti, compléta le résistant, assez peu enclin à soutenir le projet des Espionnes.

— Vous allez nous transmettre tous les noms des divers fournisseurs du KL Natzweiller-Struthof, et nous on va se débrouiller pour effectuer un repérage.

— Pas de problème, fit l'homme en haussant les épaules, tout en se disant que ces drôles de personnages croyaient un peu trop à Saint-Nicolas.

Ayant obtenu tous les éléments réclamés, le groupe prépara une opération d'infiltration.

Après enquête, il s'avérait que profiter de la camionnette du boucher de Molsheim qui livrait de la viande une fois par semaine était la meilleure solution.

Les Espionnes et Julien surveillèrent l'entreprise pendant plusieurs jours et décidèrent qu'il fallait éviter de se faire voir et repérer en ville. Sans être forcément des suppôts du IIIe Reich, l'appât du gain devait être plus fort que la volonté de s'opposer à l'envahisseur.

Des voisins de la boucherie leur apprirent que la camionnette partait pour Natzwiller chaque lundi, et il fut décidé de la forcer à stopper sur la route.

Ce fut ainsi que le boucher et ses deux commis furent arrêtés alors qu'ils avaient quitté la ville et prenaient la direction des montagnes.

Les Espionnes firent descendre les commis et les remirent aux résistants qui les accompagnaient.

– Toi, le boucher, tu vas faire ta livraison là-haut comme d'habitude. On va juste t'accompagner un peu. Tu ne fais rien, et tout se passe bien. Tu bouges, tu es mort, et toute ta famille aussi. C'est clair ?

– Oui, oui, promis, souffla-t-il, mort de peur.

Il fut décidé qu'Antonina et Sevan partiraient ensemble. Le risque pour Ruth était encore plus grand, et sa santé demeurait insuffisante aux yeux de tous, à commencer par elle-même.

La montée en lacets fut pénible. Sevan, qui s'était assise devant à côté du boucher, pistolet en main, n'en revenait pas de l'isolement total. Elle réussit à discuter avec le boucher et à le convaincre qu'elles ne tenteraient rien d'autre que de comprendre comment le camp fonctionnait.

Cette journée d'observation s'avéra un échec cuisant. Le camp semblait imprenable, et le boucher eut beau expliquer que ses deux commis habituels étaient malades, l'affaire faillit mal tourner.

Les gardes ne les lâchèrent pas d'une semelle. Ce fut oppressant même pour la dure à cuire qu'était Sevan. Les SS étaient partout, observaient tout, et l'atmosphère devint vite suffocante.

Heureusement, la livraison fut effectuée rapidement. Bonnet sur la tête, Sevan et Antonina déplacèrent les carcasses de viande tout en observant toutes ces défenses incroyables et en évitant de se faire repérer par leur escorte envahissante.

Sevan résuma la situation à ses comparses alors que le boucher les avait laissées à l'endroit où elles étaient montées.

— Entrer est impossible et sortir encore moins ! On n'y arrivera jamais !

C'était la première fois en trois années que Ruth entendait de tels mots dans la bouche de son binôme, ce qui en disait long sur la réalité du camp de concentration.

— Je suis obligée de soutenir Sevan, sur ce coup, crut bon de compléter la Sicilienne qui n'en revenait toujours pas.

— On fait quoi ? demanda Julien.

— On va en discuter avec qui de droit ici et à Genève et on va voir ce qu'on nous dit, conclut l'Anglo-Arménienne, encore sous le choc et dépitée.

47

Julien passa à Bâle avec Sevan et communiqua par émetteur-récepteur avec Victor Farrell.

Ce dernier comprit la situation et annonça qu'il laissait les Espionnes décider, mais qu'il refusait catégoriquement qu'elles se fassent prendre.

Au fond de lui, le maître-espion restait circonspect. Pouvait-on risquer la vie d'agents de valeur pour en sauver peut-être un déjà condamné ? La réponse était non !

Les deux femmes revinrent en Alsace et se rapprochèrent de Paul Winter, le chef de la 7e colonne d'Alsace, et de Marcel Kibler, le patron tout-puissant de ce grand mouvement de la Résistance alsacienne.

Les rencontrer était chose des plus difficiles et rare, mais la mention des Espionnes du Salève ouvrait de nombreuses portes

Ils se retrouvèrent en deux lieux et deux rendez-vous différents, avec moult systèmes de sécurité.

Sevan, considérée comme la cheffe des Espionnes dans cette mission, exposa la situation.

À sa grande surprise, la réponse fut exactement la même pour chacun.

— Tenter une opération suicide d'extraction qui va échouer de toute façon, c'est NON ! C'est clair.

Sevan avait insisté auprès de Paul Winter dont le frère était emprisonné.

— C'est dramatique. J'aime Henri, mais nous sommes en guerre, et on ne peut pas sacrifier des agents comme vous, alors que les chances de sauver mon petit frère sont absolument nulles.

Malgré la situation, les discussions avec ces deux chefs se révélèrent franches, directes et chaleureuses.

À force d'écouter ces hommes de poigne, une idée folle commença à germer dans l'esprit inventif et combatif de l'Anglo-Arménienne.

Elle décida de s'en ouvrir à Victor Farrell ainsi qu'à Marcel Kibler et Paul Winter lors d'une seconde rencontre nocturne pour ces derniers.

Elle conclut auprès de ces deux hommes réputés d'une sacrée trempe :

— Si on va au bout de ce projet, il y aura certainement des conséquences pour la Résistance et donc de possibles représailles. Par ailleurs, ce n'est pas la meilleure solution, mais c'est la seule que j'ai en magasin.

— Si vous n'étiez pas cette agente et combattante si renommée, je vous traiterais de folle à lier, mais eu égard à cela, je mesure ce qu'une telle mission signifie pour vous et je la comprends. Cela reste très dangereux malgré tout !

— Certes, mais, je suis prête à y aller.

— Si le risque de vous faire prendre dépasse d'un seul pour cent vos chances de réussite, je vous interdis de tenter cette folle opération.

— Oui, c'est fou, mais c'est faisable. On devra juste préparer l'intervention avec précision et en peu de jours. Son succès repose dans la préparation et le plan d'évacuation des lieux. Nous aurons besoin de nombreux renforts de votre part pour notre retraite et pour nous cacher. On aura tous les SS au cul !

– Ça, c'est sûr ! commenta Paul Winter. On vous aidera, mais par pitié, ne vous lancez pas sans un minimum de chances de réussite. Je ne me le pardonnerais pas.

– Promis. C'est notre peau qui sera en jeu. Il me faut un second tireur d'élite, capable de se mouvoir dans ces conditions particulières. Vous avez ça ? Avec deux fusils de précision type Lee-Enfield et les cartouches qui vont avec.

– Je pense qu'avec les Rosbifs en Suisse et un de nos meilleurs combattants, Ernest Schaal, qui est à Mogelsberg, on devrait y arriver.

– Dans ce cas, je vous laisse, faites le nécessaire pour qu'Ernest et les armes soient ici dans les plus brefs délais, moi, je bosse sur le plan, et on voit si on y va ou pas !

– Vous êtes sacrément culottée, lança le chef de réseau en tendant sa main avec une admiration non feinte.

– Je prends ça pour un compliment.

Elle le quitta et se mit à travailler nuit et jour avec tous ceux qui connaissaient la région de Natzwiller, qui étaient fiables et prêts à tenter le tout pour le tout !

Victor et Hannah suivaient les choses de près.

Quand Sevan leur annonça qu'elle allait préparer un plan pour une mission au Struthof, ils décidèrent de rejoindre l'équipe jusqu'à Bâle et de tenir conseil avec les Espionnes mêlées à l'affaire.

Aucun des deux n'était dupe : Sevan et sa bande préparaient un gros coup, et si besoin, il fallait l'en empêcher ou alors la soutenir à fond et lui apporter toute l'expertise nécessaire. Là, Victor et Hannah étaient des maîtres en la matière.

48

Les journées de travail dépassaient les seize heures pour chacun. Les analyses de terrain sur les cartes, les exercices d'approche jusqu'à un kilomètre du camp, du nord au sud et de l'est à l'ouest, tout était vu et revu dans les moindres détails.

Ernest avait apporté les armes demandées et rejoint le groupe qui se cachait à la frontière, à Hagenthal, afin d'avoir un moyen de repli en cas d'urgence pendant ces jours de réflexion.

Plusieurs fois par jour, Sevan et Ernest partaient au fond d'une vallée et d'une forêt pour effectuer des exercices. Le dernier se fit avec l'aide du plus petit système radio existant, qui devait leur permettre d'être synchrones et en contact permanent. Allen Dulles avait utilisé ses contacts pour leur faire parvenir le dernier né des systèmes radio conçu pour les commandos.

Ce fut la météo qui servit de juge de paix après cinq jours intenses de préparation.

Le lendemain, on annonçait des bourrasques de neige en altitude et un temps couvert au-dessus de huit cents mètres.

— On part cette nuit ! Prévenez tout le monde. Opération demain au lever du jour qui correspond à celui des prisonniers, lança le commandant Churuckian d'un ton impérieux.

La trentaine de militaires du GMA, aguerris à ces circonstances qui les accompagnaient depuis plusieurs jours, n'attendaient que ce feu vert. Tous étaient prêts à agir.

— Chacun a ses ordres, je n'ai rien à rajouter. Tout se jouera quand vous entendrez les tirs. Si nous suivons méthodiquement le plan qu'on a bâti ensemble, on sera tous au chaud demain après-midi. Il faudra alors se planquer, mais les Boches ne sauront jamais ce qui se sera réellement passé, conclut Sevan.

Elle décida de manger seule une soupe puis d'aller prendre quelques heures de repos avant de quitter la douillette tanière des Jenny. Elle s'était réfugiée dans une bulle de concentration totale, consciente du poids des responsabilités qui pesaient sur ses épaules.

Ceux qui devaient agir près du Struthof quittèrent immédiatement l'auberge pour se préparer.

À minuit, Sevan se leva et se prépara dans un silence pesant. Une demi-heure plus tard, le groupe se dirigeait vers le Nord.

Évitant les grands axes, toute une organisation pointue de véhicules se chargeait de déplacer ceux qui souhaitaient rejoindre les alentours du KL Natzweiler-Struthof.

En montant vers Natzwiller, le groupe se divisa en deux.

Ernest emprunta la route de l'ouest vers Foudray et le flanc ouest du camp. Sevan prit la montée depuis l'est du camp.

— Prends soin de toi, Ernest ! Merci de m'épauler sur ce coup.

— C'est un honneur de servir à tes côtés. J'attendrai tes ordres grâce cette magnifique machine qu'on nous a remise, fit-il en indiquant l'émetteur-récepteur conçu pour les troupes parachutées d'actions clandestines, qui pourrait leur permettre d'échanger jusqu'au moment fatidique.

Elle lui tendit la main.

— On y va !

La pluie tombait, et au fur et à mesure que le véhicule montait, le froid la transformait la neige.

Une heure plus tard, la voiture s'arrêta à l'endroit prévu. Son chauffeur, un des agents aguerris du GMA, en sortit.

— Maintenant, on est en contrebas du camp, à mille cinq cents mètres. On vous laisse vous positionner comme prévu. Le soleil se lèvera dans moins d'une heure, mais vu le temps, cela ne vous gênera pas si vous êtes en retard.

— On sera à l'heure ! La moindre seconde de perdue, et tout peut partir en couille ! Faites attention à vous quand vous mettrez les herses et que vos commandos s'approcheront des véhicules du camp.

— On y arrivera. Comptez sur nous. M… !

— Pareil.

Antonina accompagnait Ernest, tandis que Ruth avait tenu à accompagner son binôme des premiers jours. Elle restait silencieuse et totalement concentrée. Elle avait une admiration folle pour cette femme au caractère en acier trempé.

Une demi-heure plus tard, le groupe de Sevan arriva à la hauteur du point désiré. Elle s'avança encore afin de mieux voir le camp au loin, à deux ou trois cents mètres de là. Les miradors et les projecteurs se repéraient facilement.

— Dans une dizaine de minutes, les prisonniers vont commencer à sortir. Ruth, allume le MAB et prends contact avec Antonina. Je me prépare et je me positionne.

Heureusement, sachant le temps qui les attendait dans une telle région montagneuse et à une telle altitude, ils s'étaient chaudement habillés, à commencer par une paire de gants qui permettait de garder les mains des snipers à l'abri du froid.

Sevan n'entendait plus grand-chose tant elle se concentrait. Ruth était en contact radio avec Antonina, et tout fonctionnait comme prévu jusque-là.

Ernest était prêt, lui aussi.

À ce moment-là, Sevan réagit.

— Ils sortent !

Ruth répéta.

Le pari de l'Espionne consistait à reconnaître sa cible.

Par chance, la neige se calma quelque peu, et la luminosité s'améliora.

Ruth sortit des jumelles et essaya d'aider son binôme.

— Là, Sev, regarde, fit-elle en pointant le doigt. À droite, le troisième de la colonne.

Sevan se concentrait.

— Repéré, fit-elle.

— Repéré, répéta Ruth sans son micro. Repéré par Ernest.

— Armé ! lança Sevan.

— Armé, répondit Ruth, faisant écho à ce que lui disait Antonina.

— Feu, 5-4-3-2-1 !

Une double détente retentit.

— Cible atteinte fit Sevan.

— On décampe, go ! fit Ruth qui remarqua que son binôme était encore dans son tir alors que tout allait se bousculer.

— Lève-toi, Sevan, on part, fit-elle en tirant sur le blouson d'aviateur de son amie.

Au même moment, les projecteurs s'affolèrent. Des tirs furent lancés dans toutes les directions. Les alarmes retentirent. Les SS, alertés, se demandaient ce qui se passait.

Après cinq minutes de panique, ils refoulèrent les prisonniers vers leurs baraquements.

Le commandant hurlait ses ordres. Plusieurs rejoignirent la sortie et s'approchèrent de leurs véhicules. Tous les Waffen SS disponibles montèrent à l'arrière des camions qui démarraient. Ils ne firent guère plus de cinq mètres.

Les pneus avaient été crevés. Impossible de les utiliser dans l'immédiat.

Les projecteurs s'éteignirent d'un coup, plongeant le camp dans un halo plus sombre.

Les officiers ordonnèrent aux soldats d'aller dans les forêts d'où les coups de feu avaient été tirés.

Pendant ce temps, suivant leur plan, les groupes Ernest et Sevan couraient dans les bois et descendaient dans les vallées côté ouest et côté est.

La moindre minute perdue pouvait condamner un membre des groupes.

Tous en étaient conscients.

Une heure plus tard, les deux groupes fusionnaient de nouveau.

— Ouf ! Vous voilà, lança Sevan, essoufflée.

— Vous aussi, fit Antonina.

— On y va, maintenant. Ils ont sûrement réparé leurs véhicules. Allons nous cacher au plus vite.

— Affirmatif.

Les groupes se séparèrent, formant des duos qui rejoignirent leurs planques désignées.

49

Les jours passèrent ainsi, les heures s'égrenant lentement, trop lentement pour des femmes comme Sevan, Ruth et Antonina.

Cependant, leur survie dépendait du respect de leur plan, et elles l'appliquaient à la lettre.

De l'autre côté de la frontière, à Bâle, l'attente était tout aussi insupportable pour Victor et Hannah.

Trois jours après la mission dont ils ignoraient tout de l'issue, Victor s'adressa à sa collègue.

— Je parie que Sevan et ses coéquipiers ont réussi et sont bien à l'abri, comme prévu. Si ce n'était pas le cas, on l'aurait su, les Allemands auraient paradé et crié victoire. Or là, silence radio.

— Oui, ils ont sûrement réussi ! Je partage votre opinion que le silence est assourdissant, mais révèle sûrement une bonne nouvelle.

— On va quand même rester encore ici au cas où, et quand on aura des nouvelles rassurantes, on redescendra à Genève.

— Je suis bien d'accord avec vous, mon cher Victor.

Une dizaine de jours plus tard, ceux qui cachaient la trentaine de protagonistes du Struthof leur confirmèrent que le maillage allemand était plus dense, mais qu'aucune arrestation n'avait eu lieu. Les SS n'avaient visiblement aucune piste.

Ils n'avaient pu qu'intensifier les contrôles déjà importants.

Il fut décidé que chaque membre du groupe pourrait petit à petit sortir de sa tanière et reprendre ses activités habituelles.

Sevan avait rejoint Ruth, Antonina et Katharina aux abords de Mulhouse, sur le chemin du retour en Helvétie.

Un membre de la 7e colonne d'Alsace leur fit savoir qu'on les attendait le soir même vers la cathédrale, comme les fois précédentes.

Même si elles savaient que les circonstances seraient douloureuses, les Espionnes s'y rendirent. Elles se doutaient de ce qui se passerait, mais elles ne pouvaient y échapper.

À la nuit tombée, suivant divers membres qu'elles connaissaient, elles parcoururent une partie de la ville, puis se retrouvèrent dans une toute petite chapelle.

Les Espionnes du Struthof reconnurent les silhouettes dans la pénombre.

En voyant Marcel Kibler et Paul Winter, Sevan ne put retenir une larme.

Sans le savoir, elle fut imitée par les autres qui l'accompagnaient.

— Paul, je suis désolée... lâcha-t-elle.

Un silence pesant lui répondit tout d'abord, puis Paul Winter s'approcha des Espionnes.

— Vous n'y êtes pour rien ! Ce sont les Boches les responsables, pas vous, pas nous ! Nous sommes en guerre contre l'envahisseur, et inévitablement il y a d'innocentes victimes. Je ne peux que louer votre courage et votre abnégation. Je connais peu d'hommes qui auraient assumé les responsabilités que vous avez endossées, là-haut, au péril de votre vie.

— Merci pour ces paroles réconfortantes, murmura le commandant Churuckian. Nous avons fait ce que nous croyions juste.

— Vous avez bien fait, même si la douleur est là, ajouta Marcel Kibler. Henri était condamné. Grâce à votre courage et à votre détermination, vous lui avez épargné des souffrances inutiles et le risque qu'il parle sous la torture ou l'effet des médicaments qu'ils administrent. Paix à son âme.

Après avoir rencontré ces hommes d'exception, Sevan avait pris conscience du nombre d'agents et de planques que le jeune Henri Winter connaissait ? Bien que subalterne, c'était le frère du chef de Mulhouse. La question qui avait taraudé tout le monde était la suivante : « Combien de temps tiendra-t-il ? »

Sevan avait osé en ajouter une autre : Est-ce que tant de souffrances étaient nécessaires si le pauvre fournissait à la fin les informations extorquées par la violence ?

Connaissant la trempe de ces personnages, elle leur avait soumis son idée totalement folle dans la crypte de la cathédrale.

« Si on ne peut libérer Henri, et qu'il risque de mourir dans d'atroces tortures, moi à sa place, je préférerais être abattue ! »

Ce fut ainsi que, pour une juste cause, le projet d'un tir de sniper fut lancé.

Utilisant la radio et leurs bras droits, Antonina et Ruth, Sevan et Ernest avaient visé le cœur du jeune Henri Winter. Il était mort instantanément. Sans s'en rendre compte.

Le risque majeur n'intervenait qu'après les deux coups de feu. Tout le plan reposait sur les épaules des GMA à qui on avait demandé d'utiliser leurs compétences de militaires de façon démultipliée. Ils devaient neutraliser les véhicules des Waffen SS du camp, couper l'électricité et installer des herses à quelques kilomètres du KL Natzweiller-Struthof si besoin était de couvrir encore la fuite des deux groupes de snipers.

Cela ne fut pas nécessaire.

La fulgurance de la mission avait perturbé les nazis qui s'attendaient à une mission d'exfiltration, mais pas au fait qu'on libérerait un de leurs prisonniers des tortures qu'ils pratiquaient sur lui et sur les autres.

Ils n'avaient rien compris à ce qui s'était passé.

Paul Winter était conscient du danger encouru par ces drôles de dames. En même temps, si Henri, malgré toute sa bonne volonté, crachait une partie du morceau, tous les réseaux alsaciens risquaient de disparaître sous les coups de boutoir des Allemands.

Il s'était donc rangé à l'idée de l'Anglo-Arménienne qui, décidément, ne faisait jamais rien comme tout le monde.

Épilogue

Quelques semaines plus tard, la routine – si l'on pouvait qualifier cela ainsi – avait repris son cours à Genève.

Les Espionnes du Salève étaient au complet. Jeanne Jenny avait décidé de les rejoindre et de servir de lien entre la ville du bout du lac et l'Alsace.

Le binôme devint un trinôme composé de Ruth, Antonina et Sevan, pour la plus grande satisfaction du patron du MI6 du quai Wilson.

Les événements s'accélérant, elles auraient fort à faire.

Le colonel Jean Valette d'Osia, quant à lui, avait traversé toute la France et l'Espagne pour rejoindre le quartier général de la Résistance à Alger.

FIN

Imprimé en France par Laballery : septembre 2025
ISBN : 978-2-940766-48-2
Dépôt légal : décembre 2025
Correction : Sophie Ruaud